韩雅秋诗词集

· 2卷

韩雅秋／著

文化藝術出版社
Culture and Art Publishing House

作者韩雅秋近照

作者韩雅秋与爱人孙元凯的结婚照

作者韩雅秋与爱人孙元凯的近照

序

轻巧尖新 姿态百出

梁文道

对古体诗我一直有种敬仰感。中华文明几千年的文化正是在《诗经》、唐诗宋词等各朝代的诗词中得以承传。先人们通过诗词将各自各种时代的不同生活状态展现给后人，使我们能够看到一个世象纷繁、人生迥异交织的清明上河图。诗词言简意赅，高度浓缩，这就给我们想象之地。

这是一部不甘于淹没在浩瀚书海中的作品。作者韩雅秋用清丽、感性的笔调，写出了一首首唯美的古典诗词。作者擅用白描技巧表现出细腻柔美的情思和笔触。她的词风毫不流于矫柔造作，用笔是以奇巧脱俗、俊雅秀美称于世的。词评家王一灼夸赞她："曲折而尽人意，轻巧尖新，姿态百出"。的确是名副其实。韩雅秋除了在文字上的功力深厚之外，对于诗词的整体架构也是重视的，其细腻的程度常叫人叹服。

韩雅秋的作品另一个值得讨论的地方，便是她毫不虚伪的情感。不管是喜是悲，她词中的情感都是真挚细密而不让人觉得轻浮浪荡的。娓娓道来其中情意转折无限，女子特有的矜持、委婉和柔美表现得尤让人低回不已，完全抓住婉约派的精华。句句说来情深意真，让人不为她的喜怒哀乐动容都不成。

除了婉约之外，其实我们的女词人也有她意气风发、潇洒奔放的一面的，而那份不同于一般描写闺情的女诗人的豪情万丈，其雄健磅礴的气象也直追词风豪放的苏轼。全词情感热烈真切而奔放不拘，大胆鲜明的抒发了她欲乘长风、破万里浪的意气风发。而对这样洒脱豪迈的词,词评家夏承评道:"这绝非没有直接产生情感而故作豪语之人所能写出的"。

综观韩雅秋作品,可发现她的作品中几乎都是以抒发情感为主调,不管是她因节序更替所带来的感伤或者她为国为家的愤激等等都离不了一个"情"字。但难得的是清照却能够独树一帜,运用巧思在这些无数诗人大作文章过的题目上发己之思,并且篇篇韵味不一。再者,富有巧思的雅秋下笔情感真挚而不虚伪、文字绰约却不浪荡,比起专事绮罗香泽、风月艳情的花间派更别有一种大家风范。

《韩雅秋诗词集》之可贵,正在于以一颗真诚、敏感的心灵对诗歌的寻求和接受,唤起了人们的阅读记忆,也再次唤起了我们对诗歌,对那些照亮、提升我们的精神事物的爱,让人在一个沮丧的年代再次感到了诗人与诗歌的意义。

韩雅秋用真诚去感受生活行迹与内涵,再把所获得的感受形成可以触摸的诗词,这是一种综合性极强、韵味极其丰富的创作。经过了反复打磨的诗词,越来越让人爱不释手——无论是对一首诗的解读,还是对一个历史事件的陈述;无论是客观评价还是真诚缅怀,其中的精致、深刻、风趣、飘逸、诗意和悲伤,都有着最为恰当的表达。

目录 | 古风

东风	3
一代天骄	4
瑜亮情节	5
人生	6
西域之歌	7
敬仰之情	8
梦飞熊	9
看飞熊	10
丑小鸭	11
文人	12
勉先生	13
至贵与自尊	14
鸟飞云霄	15
试禅语	16
能与不能	17
春	18
潮头	19
海湾岸畔	20

无题	21
文明在中东	22
驴……象……	23
谁是债主？！	24
观电视剧《先遣连》有感	25
勉飞熊	26
自喜	27
春风化雨	28
奇葩	29
看巨星	30
网家	31
美菲军演	
——今日关注有感	32
斯诺登	33
东突——恐怖	34
无槛外	35
劝善歌	36
寄种竹成林先生	37
长城颂	38
赏金菊	39
菊花献英雄	
——悼沈飞高工罗阳	40
纪念毛主席诞辰120周年	41

七律

祭美占伊拉克半周年	45
爱国诗人陆游	46
读《西游记》	47
股市之歌	48
忆反腐	49
可贵是激情	50
锦上花	51
华夏人权	52
北京模式	53
东风与西风	54
有感先生谈诗	55
学诗	56
古道天涯	57
邪路歌	58
谴色魔	59
年关夜半	60
世代歌	61
占道驴	62
喜为民	63
中华大地	64
忆"九一八"感钓鱼岛	65
鬼子悲哀	66
寄梁文道先生	67
人生梦	68

最风流	69
世界末日之歌	70
花花世界	71
古今一愿	72
感国风	73
春日寄情	74
言之才	75
钓鱼岛之歌	76
先生的诗	77
自我抢	78
爱心抢	79
肚皮舞之歌	80
抗日战争及世界反法西斯战争胜利六十八周年	81
梦中龙	82
看文风	83
美、日又重来	84
删诗	85

五律

神游山海关	89
入学歌	90
思想之舟	91
念归客	92
西域之歌	93

心事有成	94
醉语	95
读陆游	96
飘飘女	97
说灵魂	98
海边携手	99
乱伦……	100
换代无忧——写在"十八大"前夕	101
"十八大"胜利召开	102
盛世篇	103
新春之歌	104
感飞龙梦	105
不违时	106
滨城游	107
观潮与赶潮	108
谁养活美国人？！	109
台海前瞻	110
答登月之问	111

七绝

战SARS防害马	115
旷庐五柳	116
心怀桃源	117
田园	118

秋瑾	119	求知	146
咏长城	120	携手	147
孔孟之道	121	少年	148
感私奔	122	出书有感	149
上诗坛	123	面试归来	150
从文之情	124	激情	151
读龚自珍	125	啤酒大棚	152
读李清照	126	美与丑	153
宋江与李逵	127	唯勤	154
悯黛玉，叹晓旭	128	傻爱	155
祭秦皇	129	诗人王维	156
文成公主	130	夸中药	157
祭岳飞	131	异域通婚	158
思量	132	雅兴	159
迷离	133	无题	160
隐逸人	134	军婚苦乐	161
生日酒	135	迷途	162
砍樵郎	136	"有教无类"呼？	163
公心	137	飞天	165
谈先生	138	有感中国"飞天潜海"……	166
公与私	139	感摘杏亡命人	167
大漠桃源	140	感书成	168
人情	141	正义之路	169
叹艺苑	142	人间比翼	170
贫富共存	143	奇葩	
孤木难成	144	——中国作家莫言获诺奖	171
春宵戏吟	145	祭英雄	172

崛起梦	173
做人	174
末日绝句	175
唱诗	176
幸福	177
风云激荡	178
美人一笑	179
知青	180
看飞龙	181
心横	182
家门口……	183
爱春	184
鼎立之威	185
四季情长	186
温馨	187
咋生娃？！	188
五四纪念	189
新春	190
炼句	191
新手之歌	192
拙笔	193
履新	194
祭慰安妇	195
正能量	196
涧水秋风	197
反腐	198
一脉相承	199

网民	200
闹市	201
大漠……	202
面对倭寇	203
涧水春秋	204
诗家贵气	205
强项师友	206
鸵鸟蛋	207
必追根	208
融通	209
看达赖	210
心里甜	211
棱镜门	212
老少娃	213
中俄……和谐	214
寒窗	215
看阵容	216
网游	217
整风	218
青春环保	219
诗说旧瓶新酒	220
悦享我心若茶	221
肚皮丑态	222
天网白鬓	223
典故弄拙	224
押韵	225
有胆樵夫	226

情怀	227
诗勉诗心	228
扫垃圾	229
言志抒情	230
天网游	231
网游意趣	232
鲤对诗文	233
追求	234
环球放歌	235
泛论诗文	236
倭寇重来	237
感国耻	238
应战	239
网友直言	240
望月有感	241
无票之债	242
高原哨卡	243
爱菊	244
伴菊	245
酷爱菊花	246
菊香……	247
赏菊	249
写菊	250
梦菊	251
观月赏菊	252
感陶令吟菊	253
雾霾东北	254

菊酒飘香	255
菊魂	256
对坐吟菊	257
品菊香	258
感秋菊	259
陶令吟菊	260
喜菊	261
菊梦情长	262
金菊争艳	263
诗坛咏菊	264
涧水秋风菊花诗	265
我倾情	266
快乐诗人	267
予祝新华社百年庆	268
腾飞众望	269
郑板桥	270
驴象惊呼……	271

五绝

钟情	275
风水天边	276
大漠游	277
禽兽吴起	278
说美人	279
劝商	280

爹与狗	281
文学路	283
诗文	284
有感先生	285
歪诗说韵	286
写诗薄感	287
杯酒诗成	288
诗坛	289
搜狗勿搜人	290
诗酒	291
棱镜门	292
炼句	293
鸿雁	294
淘金	295
人谋	296
感霍金	297
诗如禅	298
迎网法	299
合作双赢	300
青蛙"殉葬"	301
仙菊	302
秋菊	303
重阳菊酒	304
金菊不老	305
抗议"杀光中国人"	306
颂菊	307
十八届三中全会感赋	308

词

长相思 长分居感赋	311
长相思 爱心痴	312
江城子 百转愁肠	313
人月圆 团圆	314
卜算子 自尊	315
生查子 归来	316
凤凰台上忆吹箫 忆沈阳南湖	317
一剪梅 先生谈文	318
生查子 大家与小家	319
忆江南 游杭州	320
鹧鸪天 山水秀	321
忆江南 上海	322
太常引 咏太阳	323
木兰花 从文八年	324
陇头月 众人观鼠	325
眼儿媚 自况	326
画堂春 滨城风范	327
临江仙 年关奇梦，儿子多笑声	328
忆王孙 贫富愁	329
少年游 希拉里游说东南亚	330

小重山　忆母女情深	331
西江月　读史念屈原	332
风入松　太空授课	333
水调歌头　毛、邓……	334
渔家傲　正家风	336
生查子　卷帘谈诗	337
浪淘沙　网游	338
浣溪沙　天池救人	339
喝火令　颐指之衷	340
浣溪沙　皇帝的新衣	341
采桑子　后重阳	342
浣溪沙　苏哈之恨	343
醉花阴　归来赋	344
渔家傲　贺十八届三中全会胜利闭幕	345
思佳客　民心热烈染天红	346
浣溪沙　言简见文才	347

古风

东风

2009年10月1日

千年一唱东方红,

大业敬畏系天星。

世界风雷从此定,

东风终归压西风!

自 注:

诗取古风体格式。
韵脚在《诗韵集成》十七庚、十八东通押。
题解:这首诗是歌颂领袖、歌颂党的诗,但愿不被误读。

一代天骄

2009年10月6日

秦皇汉武史著名,

唐宗宋祖天朝雄。

一代天骄疑心重,

去后隐身无坟茔!

自 注:

诗取古风体格式。
韵脚在《诗韵集成》十七庚、十八东通押。
题解:秦始皇、汉武帝都是中国历史上鼎鼎大名的皇帝,唐太宗、宋太祖也是威名远扬的英雄人物。而元朝的号称天之骄子的成吉思汗在入主中原后也成为中国历史上赫赫有名的霸主,但由于为政霸道,随意杀戮,遗恨人心,因之自己也心存疑虑,死后竟然连个墓址都未留下。

瑜亮情节

2009年10月11日

瑜①亮②情节谁人痴,

大路朝天远见知。

历史长河去有日,

主流尽在顺势时!

自注:

诗取古风体格式。
韵脚在《诗韵集成》上平声四支,一韵通押。
① 瑜:周瑜。
② 亮:诸葛亮。

人生

2009年10月18日

人生有所求,上进无尽头。

攀登千尺路,争看楼上楼!

脚踏实地走,尽在不淹留。

吃苦嫌不够,成功似斗牛!

自 注:

诗取古风体格式。
韵脚在《诗韵新编》十二侯,一韵通押。
题解:人生之路各不相同。此诗说几句人生的感受,同有兴趣的朋友交流。

西域之歌

2009年10月25日

天地浑圆,
万里云天。
天山横亘,
牧场风烟。
涧水不断,
芳草湖茵。
塞北风起,
定居家园。
饲草丰满,
畜有围栏。
夜有狼嚎,
军旅戍边。
年有华诞,
兵民联欢。
病害饥患,
永世不还!
党的领导,
世代相传!

自注:

诗取古风体格式。
韵脚在《诗韵新编》十四寒,一韵通押。

敬仰之情

2009年10月30日

南山风景迷人醉，

勃勃新枝辞旧岁。

绝非俗枝桃和李，

傲然劲松大无畏！

自注：

诗取七言仄韵古风体格式。
韵脚在《诗韵集成》去声四寘通霁未通押。
题解：这是一首观景有感之作，乌鲁木齐南山既有古柏参天之壮美，也有苍松嫩枝勃勃生机的景象，令人多有感慨。

梦飞熊

2009年11月6日

飞来飞去奔前程,

展臂冲天效大鹏。

喜悦心情说庆幸,

清晨外祖梦飞熊!

自 注:

诗取古风体格式。
韵脚在《诗韵新编》十七庚、十八东通押。
题解:近来常议论外孙吴飞熊要回来了,清晨忽有此梦。

看飞熊

2009年11月7日

人皆望子欲成龙，

吃苦青年志气宏。

时代人生责任重，

才艺双馨看飞熊！

自 注：

诗取古风体格式。
韵脚在《诗韵新编》十八东，一韵通押。
题解：多年不见小飞熊，冷眼观来已是大孩子了，一米八的大个子，让外祖欣喜万分。从各方面看，对孩子自小教育是成功的。

丑小鸭

2009年11月16日

诗情画意有人夸,

妙手文章笔生花。

古往今来谁老大,

李杜诗文赞无涯。

小小环球我国大,

人才代有丑小鸭!

万代人面无重画,

孩儿终归爱自家!

诗坛交流多闲话,

有爱无夸或者佳!

自注:

诗取古风体格式。

韵脚在《诗韵新编》一麻,一韵通押。

题解:这首诗思来想去说的是丑小鸭。古人有多少名人巨擘,但终归已成过去。人们学习继承古人,终归要从眼前丑小鸭培养起。任何人都有成长的过程。从丑小鸭到白天鹅都是必经之路。

文人

2009年11月22日

商人跟市场,

文人有情长。

社会人气旺,

据理美声扬!

为人无智障,

心神开智囊!

自注:

诗取古风体格式。
韵脚在《诗韵集成》下平声七阳,一韵通押。
题解:文人写文章不容易,做人更不容易!所以文人总是先学做人,后学作文!由此可以看出,做人和作文的关系密切,甚至是达到了一种密不可分的地步。

勉先生

2009年11月30日

美满知真爱，

从文苦成才。

连宗传后代，

共舞展情怀。

正道从不败，

从政脚不歪！

跟党三十载，

做人不白来！

自注：

诗取古风体格式。

韵脚在《诗韵新编》九开，一韵通押。

题解：此诗题是勉先生，同是勉励自己。你并非都能十全十美，写此诗寄托希望和勉励之意。

至贵与自尊

2009年12月9日

至宝者玉,

至纯者金。

至重者任,

至远者文。

至强者阵,

至理者心。

至贵者信,

至尊者人!

自 注:

诗取古风体格式,不拘平仄。
韵脚在《诗韵新编》十五痕,一韵通押。
题解:此诗是在说一点个人自律的体会,与社会上朋友交流。

鸟飞云霄

2009年12月17日

鸟儿飞上云霄，

似感并不很糟。

瞧它叽喳乱叫，

好像正在撒娇！

人们不免微笑，

望它不要轻飘。

吃喝之外睡觉，

人面桃花似妖！

自 注：

诗取古风体格式，不拘平仄。
韵脚在《诗韵集成》下平声二萧通豪通押。
此诗名"鸟飞云霄"，实则是无题有感，真意为忘言之言。

试禅语

2010年2月

言无言之言,

事应事之事。

开不开之心,

启未启之智。

感弗感之灵,

拔幽拔之刺。

鸣瞑鸣之冤,

度可度之志。

自 注:

诗取古风体格式。
韵脚在《诗韵新编》五支仄韵去声通押。
题解:禅语即传统宗教意义上的语言,此处借用而已,不必认真,开心即可!

能与不能

2010年3月8日

天地人和万事兴,
人间世事造化功①。
心有余力求立命,
但愿人人得安生。

酒足饭饱心气硬,
妇道返老也还童。
太平盛世人有幸,
此事无能彼事能!

自 注:

诗歌古风体格式。
韵脚在《诗韵新编》十七庚、十八东通押。
① 造化功:此处只说是历史方面而言,并非迷信所言鬼神天命之类。

春

2010年4月

飞花逐水勿谈春,

片片流失可怜人。

春来春去心一寸,

三秋硕果定此身!

自 注:

诗取古风体格式。
韵脚在《诗韵新编》十五痕,一韵通押。
题解:大自然万物都有春天,人同样有春天。只是人可以有主观能动性,克服困难,不为自然环境所累。

潮头

2010年6月20日

胆小兮如鼠，

气壮兮如牛！

无知兮荒谬，

仁人兮中流！

远见兮左右，

大爱兮潮头！

自 注：

诗取古风体格式。
韵脚在《诗韵新编》十二侯，一韵通押。
题解：这首诗的题目也话大了一点，但提倡发挥正能量是无疑的！

海湾岸畔

2010年7月11日

恶浪拍岸澎，

游人涌成风。

妇孺有游兴，

呼叫刺耳鸣！

海燕头顶转，

水面穿鱼鹰。

岸畔教堂顶，

隐约传钟声！

自 注：

诗取古风体格式。
韵脚在《诗韵新编》十七庚，一韵通押。

无题

2010年8月17日

钟不敲不鸣,

志不激不宏。

人不逼不硬,

心不诚不灵!

自 注:

诗取古风体格式。
韵脚在《诗韵新编》十七庚、十八东通押。
题解:此诗说人要有点作为,皆需自重自强。

文明在中东

2010年12月8日

两河流域史文明,

萨达姆兮死无能。

阿拉法特建国梦,

可疑不醒叹沙龙!

自 注:

诗取古风体格式,不拘平仄。
题解:以美国为首的西方侵略势力,打着文明的旗号在中东发威。灭人国杀人君,可以说是达到了横行霸道无恶不作的地步!不过实践证明既然是毫无正当理由地践踏了别国的主权,残害了无辜人民,这种世代的深仇大恨是结下了,侵略者的安宁日子至少在本世纪内恐怕再没有了!

驴……象……

2010年12月17日

为霸石油醉眼红,

张牙舞爪犯中东。

豺狼难改是本性,

驴象逃兵变爬虫!

自注:

诗取古风体格式。
韵脚在《诗韵新编》十八东,一韵通押。
题解:诗为美国驴、象侵略军在中东以鲜血换石油,不顾人间道义的可耻行径和可悲下场而作。

谁是债主？！

2012年2月20日

借钱强盗无善心，

挥霍狼藉充阔人。

痞子嘴脸今方信，

可恨可怜是谁人？！

自 注：

诗取古风体格式。
韵脚在《诗韵集成》下平声十二侵通真通押。
题解：美国人一方面向中国借钱，同时大印钞票，惯其国人挥霍浪费……另一方面以美金融破产危机为借口借债不还，一赖了之。还胁迫中国续买其国债……由此形成的可悲现实是：中国老子省吃俭用，养活不孝之子，天理何在？！敢问究竟谁是债主……

观电视剧《先遣连》有感

2012 年 7 月 22 日

东方太阳照雪山,　　难忘先遣连苦干,

千载奴隶把身翻。　　死活不怕有深渊。

改革歌舞乐无限,　　我军无私人奉献,

发展一步登上天!　　后世英雄心里甜!

自 注:

诗取古风体格式。
韵脚在《诗韵新编》十四寒,一韵通押。
题解:先遣连的事迹让前辈不忘,后代流传,意义重大!

勉飞熊

2012年8月

天南地北盼飞熊，

可望人成事业成。

命运逢时说有幸，

还须努力展才能！

自 注：

诗取古风体格式。
韵脚在《诗韵新编》十七庚、十八东通押。
题解：飞熊即外孙吴飞熊。自小机灵可爱，今年高考后被北京某高校录取。为鼓励其上进，因写小诗勉励之。兼提醒其无论任何事情，要做好都需要天时地利人和，学习、工作都是如此。

自喜

2012年8月12日

衣食住行众人图,

车路马路尔予书。

人间美丑求叙述,

阿黄阿黑争出炉!

物质人生夸致富,

精神匮乏看呜呼!

特色国庆归正路,

自喜大众小书屋!

自注:

诗取古风体格式。

韵脚在《诗韵新编》十姑,一韵通押。

题解:现在图书市场混乱,有些单位把出书看成绝对的商业行为。须知作品除了商业品质外,更重要的是遵循艺术标准。离开了这一点便离开了文艺为人民服务的准则,不注意会走向反面……

这几句话除了说给个别出版社外,同时也是说给读者的。要读书就要读好书,起码是不读坏书!

春风化雨

2012年11月8日

春风化雨启奇葩,

杨柳浮絮片片花。

草根无形寒中大,

世间福祉共几家?!

无根无脉能力差,

然有助力可攀爬。

丑女倾城尤可怕,

车马各路走天涯!

———
自 注:

诗取古风体格式。
韵脚在《诗韵新编》一麻,一韵通押。
题解:春风化雨杨柳飞花,独享世间尊荣。可是草根们却只能无声无息地在寒冷中长大。说不清享得世间福祉的共有几家?

奇葩

2013年1月22日

打打杀杀，

乱国乱家。

若想做大，

政策靠他！

如说瞎话，

人前是娃！

网友尊驾，

多爱赏花！

吟诗作画，

频出奇葩！

自 注：

诗取古风体格式。
韵脚在《诗韵新编》一麻，一韵通押。

看巨星

2013年3月15日

蓝天白云看巨星,

东方崛起要和平。

普京能量有个性,

中俄比肩事天成!

崛起中国更觉醒,

适时选择习近平!

自 注:

诗取古风体格式。
韵脚在《诗韵集成》下平声八庚、九青通押。
题解:中国十二届人大第四次会议选举习近平为中华人民共和国主席、中央军事委员会主席。俄罗斯总统普京第一时间电贺习近平当选。由此可见,中俄关系在世界上正展现空前的大好形势,这对两国关系的发展与世界和平定将做出新贡献!

网家

2013年6月1日

网家人不同，

贫者欠人情。

富拥金百万，

人能我无成！

旦夕人侥幸，

还贷或公平！

醉言须无痛，

从此必心恒！

自 注：

诗取古风体格式，不拘平仄。
韵脚在《诗韵新编》十七庚、十八东通押。
题解：触网善感……

美菲军演——今日关注有感

2013年6月23日

美菲军演藏祸心,

南海风烟闻战尘。

韩战败将重挑衅,

我还颜色慰臣民!

自 注:

诗取古风体格式。
韵脚在《诗韵集成》下平声十二侵通真通押。
题解:美国政府在背后挑动东南亚暨与我南海相邻个别国家如菲律宾等玩弄伎俩,阴谋挑战闹事。从新闻报道看他们已经蓄谋已久,要挑战中国主权,我国已派出携带自卫武器的海警巡航,如果对方挑战,相信有关方面会还以颜色的……

斯诺登

2013年6月26日

外电评述斯诺登,

网攻解密已澄清。

快刀乱麻割短痛,

剥离方显最高明!

自 注:

诗取古风体格式。
韵脚在《诗韵新编》十八庚,一韵通押。
题解:2013年6月25日《参考消息》报道述评"斯诺登离港显示中方智慧",作为读者颇感兴趣,因写诗记下。

东突——恐怖

2013年7月3日

新疆闹事害无辜，

分裂势力号东突。

境外培植掀恐怖，

藏独疆独出一炉！

自注：

诗取古风体格式。
韵脚在《诗韵新编》十姑，一韵通押。
题解：央视及大连《半岛晨报》报道"新疆鄯善恐怖袭击24人遇害"，公安民警当场击毙11名暴徒……叛国分子、恐怖分子西藏达赖、新疆热比亚都是在美国保护下培植起来的敌对势力，美国是世界上的一切万恶势力之源……

无槛外

2013年7月17日

人—寿不贷，

心—别想坏。

生—事必廉，

情—不负债。

友—实其贞，

钱—不过爱！

名—成其难，

身—防事败！

看—成前人，

站—无槛外！

自 注：

诗取古风体格式，仄韵格式。
韵脚在《诗韵新编》九开仄韵去声，一韵通押。
题解：槛内槛外说是借宗教的说法，宗教信奉者认为宗教信徒都是要升天的，所以他们是槛外人。一般人都是普通人，即槛内人。笼子内的人，俗人而已。本诗的意思都要做合格的普通人。

劝善歌

2013 年 7 月 31 日

人心防涣散,

食物怕腐烂。

公务藏私心,

庶民不待见!

整顿到眼前,

巡视查体徧!

省级又四员,

腐败典型案!

逾时后悔难,

不治染疾患!

主动洗心猿,

终身无遗憾!

自 注:

诗取古风体格式。
韵脚在《诗韵新编》十四寒入声部仄韵通押。
题解:诗题名曰"劝善歌",相对来说即是反腐抗恶,要一个干净相对廉洁的社会,这要靠全民族的努力。

寄种竹成林先生

2013年8月26日

种竹欲成林,

难得付苦心。

人情美如画,

关河涉认真。

山水多滋润,

万物绘乾坤!

志诚奉献大,

功德积阴森!

自 注:

诗取古风体格式。
韵脚在《诗韵集成》下平声十二侵通真转达元通押。

长城颂

2013 年 9 月 28 日

中国古长城,

世界早文明。

金字塔比兴,

华夏龙图腾!

高歌心气正,

人类共繁荣!

年年迎国庆,

感受总不同!

自 注:

诗取古风体格式。
韵脚在《诗韵新编》十七庚、十八东通押。
题解:今年中央反腐力度大,人民群众拥护叫好!看到了中国特色的社会主义能发展、壮大!

赏金菊

2013年10月22日

金菊高雅登大堂,

超凡脱俗比花王。

平心而论无偏向,

风姿贵重属菊黄!

自 注：

诗取古风体格式。
韵脚在《诗韵集成》下平声七阳,一韵通押。

菊花献英雄 —— 悼沈飞高工罗阳

2013年11月26日

战场壮烈悲牺牲，

累倒人人感心疼。

国防大业舍性命，

妇孺菊花献英雄！

自注：

诗取古风体格式。
韵脚在《诗韵新编》十七庚、十八东通押。
题解：2012年11月27日沈飞高工罗阳在辽宁舰指挥歼－15等工作中，由于劳累过度引起心脏病突发而去逝……广大人民群众为其哀痛悲不自胜。今罗阳同志祭日之际，特写诗一首永志纪念！

纪念毛主席诞辰120周年

2013年12月26日

毛公思想不容抛,

离经叛道罪无饶。

社会主义求正道,

理论实践创新高!

自 注:

诗取古风体格式。
韵脚在《诗韵新编》十三豪,一韵通押。

七律

祭美占伊拉克半周年

2013年11月16日

战火硝烟笼罩浓,

妇孺惨淡遍哀鸿。

以强凌弱多蛮横,

强盗欺人盛气凌。

强抢豪夺多美梦,

而今拔腿苦无能!

担惊受怕悲活命,

恐怖心灵岂有情!

自 注:

诗取七律第二种平仄格式。
韵脚在《诗韵新编》十七庚、十八东通押。
题解:2003年5月1日美国总统布什宣布美军在伊拉克主要战事结束——美英联军占领伊拉克至今已半年整……

爱国诗人陆游

2008年4月21日

诗人爱国气清秋,

后代熏陶旺九州。

指点江山文字秀,

英灵永驻总无忧。

千年文化诚深厚,

举世无双史不羞!

霸主人权不烂透,

环球正气盖贼酋!

自注:

诗取七律第一种平仄格式。
韵脚在《佩文诗韵》下平声十一尤,一韵通押。
题解:中国人的"王气"是管自己的,同时也是防贼防盗的。朋友不在其例。
再说百姓爱国也是无罪的!

读《西游记》

2008年7月22日

承恩曲笔寄神猴,

神鬼鸣驺莫测游。

东土大唐人智拗,

真经万里取何愁。

千难万险折磨够,

作主成佛在上头!

难得文心能作秀,

千年一卷也风流!

自 注:

诗取七律第一种平仄格式。
韵脚在《佩文诗韵》下平声十一尤,一韵通押。
题解:此诗是写读小说《西游记》的一些感想,此外不想多说。

股市之歌

2008年11月

利欲熏心股市愁,

权钱一线我牵牛。

股民期票争锋秀,

作罢多头作空头。

万变行情肥有瘦,

千番喜乐万般忧!

搏击市场亲朋肉,

贫富民间骨榨油!

自 注:

诗取七律第二种平仄格式。
韵脚在《诗韵正韵》第十二部平声十一尤,一韵通押。
题解:股市是发财的地方,也是人操心之处……全看运气……

忆反腐

2009 年 3 月 11 日

天山一别忆情长,

纪检监察事业忙。

审计惶惶人气旺,

人称身手有锋芒。

魔头腐败无能挡,

背地哭丧恨尔娘!

除恶人间合梦赏,

清廉官场众安详!

自注:

诗取七律第一种平仄格式。

韵脚在《诗韵集成》下平声七阳,一韵通押。

题解:先生离开纪检、审计工作已经十多年了。常常回忆起在纪检、审计战线上工作时的复杂斗争故事,不免还让人心情激动⋯⋯腐败魔头们被查得无处藏无处躲,哭爹骂娘,但是终归逃不出败落的下场。作为执法者,不求赏赐,只要官场清廉、社会安定、人民幸福,比什么都强!

可贵是激情

2009年5月8日

为人个性有激情，
思想活泼理性明。
话既投机时涌动，
连珠妙语顿时生！

自知自爱心凝重，
多情多义胆气宏！
见义勇为师友众，
爱人忘我慰心灵！

自 注：

诗取七律第一种平仄格式。
韵脚在《佩文诗韵》下平声八庚、九青通押。
题解：生活中经常与先生谈起人的个性。一般总是说这一位是急性子人，那一位是慢性子人。总的来说急性子人与慢性子人都有各自的长处与短处。一般认为，无论急性慢性，总是有点激情才更可贵些。这首诗写的是那种有激情的人，理想中的，生活中不多见的人。

锦上花

2009年6月22日

黑白分明本质差，

东西南北路无涯。

货真实价无欺诈，

走遍官家闯死衙。

唤雨呼风咱老大，

闻名举世我当家。

穷凶祸患全不怕，

手握金银锦上花！

自注：

诗取七律第二种平仄格式。

韵脚在《诗韵集成》下平声六麻，一韵通押。

题解：自古以来人们对金钱都有种种不同看法。人们爱它，离不开它，有时却又鄙视它……想来问题在人，不在钱上……

华夏人权

2009年8月1日

大秦帝国有尊严，

一统江山六国天。

大汉盛唐兴国链，

宋元明变九州安。

康乾清后潮流换，

共产幽灵建政权！

团结民族无患难，

人权民主乐无边！

自注：

诗取七律第一种平仄格式。
韵脚在《诗韵集成》下平声十四盐通先转寒通押。

北京模式

2008年9月8日

北京模式众人谈,

毛短球长撒滥言。

资本亏空临大限,

自封老大讨人嫌?

国家大事民为主,

外部无权耍野蛮!

姓社姓资人自愿,

妇孺打狗到门前!

自 注:

诗取七律第一种平仄格式。
韵脚在《诗韵新编》十四寒,一韵通押。

东风与西风

2008年10月7日

百年资本断楼层,
风雨飘摇坠欲倾。
虎豹无牙衰老病,
逞凶屡败显无能!

景阳冈上拳头硬,
两脚三拳死大虫!
世界发财来路正,
西风或可借东风!

自注:

诗取七律第一种平仄格式。
韵脚在《诗韵新编》十七庚、十八东通押。

有感先生谈诗

2009年10月18日

闹市街头心境乱,

安然梦里出真言。

为诗自恋随情愿,

高处无风也自寒!

难得激情时出现,

高明一句抵千言!

正言明节无遗憾,

水涨船高不觉难!

自注:

诗取七律第四种平仄格式。
韵脚在《诗韵新编》十四寒,一韵通押。

学诗

2009年10月30日

学诗泛论说①其难,
早晚应知在少年。
读过范文千百遍,
潜移默化感心猿。

成功老迈虽局限,
信有勤劳亦可攀!
奇巧心能凭信念,
朝天大路在南边!

自 注:

诗取七律第一种平仄格式。
韵脚在《诗韵新编》十四寒,一韵通押。
① 说:《新华字典》是平声。写古体诗要按《同音字典》在阳平中注上符号,只能用作仄声。现在入声消失,转平声,这个"说"字可平可仄。

古道天涯

2010年1月2日

大器难为早晚成,

妄为一蹴也非能。

平生爱好激情重,

无意之中或有形。

狭路常行腰杆硬,

路遥马壮有前程!

识文知韵吟词令,

古道天涯贵气同!

自注:

诗取七律第二种平仄格式。
韵脚在《诗韵新编》十七庚、十八东通押。
题解:这首诗是谈写诗的一点感想,仅供参考。

邪路歌

2010年7月9日

和谐处世故事多,

否则难免堕贼窝。

坑蒙拐骗常交恶,

黑白阴森养宿疴!

苦心孤诣玩吃货,

前程难保死里磨!

传统霸道无事做,

迟早跌脱可奈何!

自 注:

诗取七律第一种平仄格式。
韵脚在《诗韵集成》下平声五歌,一韵通押。
题解:痛其不幸,哀其不争……

谴色魔

2010年11月21日

青春怀恋有蹉跎,　　奇闻现代轮流过,

三载轮回鬼话婆。　　引导台前感色魔!

年半闪婚情堕落,　　社会真情由色塑,

试婚新旧唱悲歌。　　歪风邪气屁嫌多!

自 注:

诗取七律第一种平仄格式。
韵脚在《佩文诗韵》下平声五歌,一韵通押。
题解:一次电视节目中居然弄出两母女,在台前大讲婚姻"一年半一个轮回"之谬论,听来令人好不气愤,因写此诗以讥之!

年关夜半

2012年1月21日

厅堂高挂大红灯,

耳顺迎来喜事增。

厚礼貂皮衣茸颖,

孩儿孝顺感深情。

年关夜半惊奇梦,

来去神奇喜到明!

老伴惊心争说梦,

突闻孩子叩门声!

自 注:

诗取七律第一种平仄格式。
韵脚在《佩文诗韵》下平声八庚、十蒸通押。

世代歌

2012年2月6日

不忘英雄义勇歌,
百年国史有蹉跎。
海南国土心中坐,
两岸和合本一窝。

文化交流多热络,
江山一统少心魔。
和平团结多良策,
两制人流永久河!

自 注:

诗取七律第二种平仄格式。
韵脚在《佩文诗韵》下平声五歌,一韵通押。
题解:过去曾经有人要改国歌,遭到反对,是理所当然的……更重要的眼前问题是两岸和平统一,应尽早提到议事日程上来。近年来交流得不错,但还是越快越好!

占道驴

2012年12月30日

霸占台湾网四夷,

希拉里者勿拉稀。

和平世界非儿戏,

南海权益我祖居。

中国生灵十几亿,

地球旋转有东西。

睡狮大国人多趣,

狼犬之流岂可欺!

自 注:

诗取七律第二种平仄格式。
韵脚在《诗韵新编》七齐,一韵通押。
题解:美国高调回归亚洲,希拉里乘航母来亚洲疯狂捣乱,绝无利益……

喜为民

2012年5月2日

东方世代喜为民,
西式私心腐鬼魂。
生产兵团民有信,
国营包产不亏心。
文明社会无胡混,
共产前途信有人。
红色江山无辩论,
毛思邓论再光临!

自 注:

诗取七律第一种平仄格式。
韵脚在《诗韵集成》下平声十二侵通真通押。
题解：纪念毛主席《在延安文艺座谈会上的讲话》发表七十周年有感。改革开放以来，文艺战线上纯文艺的思想活动突出表现出来。这是受自由化影响的结果。但是愿意坚持"双百方针""二为方向"的人仍然是多数。我们也滥竽充数算一份。

中华大地

2012年8月21日

大地中华我祖栖,

秦皇汉武统根基。

唐宗宋祖开疆戏,

清末衰颓外事迷。

民主迎来人觉醒,

人民共产扭危机。

和平崛起倾全力,

无惧西方鬼魅欺!

自 注:

诗取七律第二种平仄格式。
韵脚在《诗韵集成》上平声四支通微,齐通押。

忆"九一八"感钓鱼岛

2012年9月18日

日寇侵华百事哀,

东三省里寇成灾。

亡国奴役十多载,

抗战八年胜利来。

国难人心传后代,

南京国耻恨藏怀。

民族大害千年债,

雪耻常巡我钓台!

自 注:

诗取七律第二种平仄格式。
韵脚在《诗韵新编》九开,一韵通押。
题解:写这首诗的重要着眼点是:一是日本鬼子侵略中国,残害无辜平民,给中国人留下了深仇大恨!二是日本鬼子这条疯狗不但没有认罪,现在居然要卷土重来了!三是怎么办?回答很简单,对人民来说,对鬼子首先要再一次恨起来……

鬼子悲哀

2012年9月26日

航母如今已诞生,
豺狼虎豹眼通红。
北洋"定远"辜恩命,
史有兴衰众有评。

保钓今时心意定,
横刀立马看天明!
统合两岸心坚定,
鬼子悲哀破腹情!

自 注:

诗取七律第二种平仄格式。
韵脚在《诗韵新编》十七庚、十八东通押。
题解:中国首艘航母服役,国人兴高采烈,但也有异己声音。美《防务新闻》亚洲部负责人颜文德却说:一艘航母的意义不大⋯⋯可是这是唱衰中国的声音。让人颇感吃惊⋯⋯因以提笔写歪诗一首,以抒情怀。

寄梁文道先生

2012年11月6日

智慧人生看壮怀,

文王有梦太公来。

平居依仗新时代,

不愿流沙腐物埋!

辛苦十年书卷在,

知音名士话裙钗①!

孔融北海人才派,

足见先生秉大才!

自注:

诗取七律第二种平仄格式。
韵脚在《诗韵新编》九开,一韵通押。
① 裙钗:单指女士。
题解:《韩雅秋诗词集》出版之际,著名媒体人士梁文道先生欣然为本诗词集作序。梁先生写出了真正的高水平的序文,真实客观地向广大读者介绍了作者的作品,令本人深受感动与鼓舞。
冷静思之,无以为报,谨以一首小诗抒发感谢之意!

人生梦

2012年11月30日

十年辛苦不寻常，
回顾当年未白忙。
挚友声称由放荡，
不肖一顾任彷徨。

文臣武将多模样，
贷款怀揣抢买房。
我辈人生求向上，
从文半世未来长！

自注：

诗取七律第一种平仄格式。
韵脚在《诗韵集成》下平声七阳，一韵通押。

最风流

2012年12月11日

今朝可谓已无忧,
世代江山把舵头。
我党安邦山水秀,
安民保国更何求!
合营所有私无大,
股市严抓控股牛,
暴富人群防腐透,
公平交易最风流!

自注:

诗取七律第一种平仄格式。
韵脚在《诗韵集成》下平声十一尤,一韵通押。
题解:此诗写于"十八大"召开之际,谨望党和国家的方针政策能牢固运行在社会主义轨道上……

世界末日之歌

2012年12月22日

举世闻名玛雅人，
痴迷无智话活神。
奸商利鬼迷人论，
末日终归未降临！

幺二二幺无可信，
万千游客闹其浑！
信徒宗教平心论，
科学光临辨假真！

自 注：

诗取七律第二种平仄格式。
韵脚在《诗韵集成》下平声十二侵通真转元通押。
题解：宗教迷信称2012年12月22日世界末日降临……
见《参考消息》2012年12月22日报道。

花花世界

2012年12月23日

多极世界卷潮头,

骤雨狂风未可收。

动地惊天神鬼酷,

一决雄雌即方休。

环球小小玩不够,

没日无来谎话忧。

万类生存须照旧,

惊心扔掉享温柔。

自 注:

诗取七律第一种平仄格式。
韵脚在《佩文诗韵》下平声十一尤,一韵通押。
题解:2012年美洲地区曾经流行一种谣言称,玛雅文化记载世界末日即将来临……时间过去后,有人说商人因人加大消费而大大地赚了一笔钱……后又传说,是商人利用古人的迷信传说故意骗人……
由此可见,人生活在世界上无论何时何地都须有独立的见解,决不可盲从。牵涉到政治问题,更不能人云亦云……乱说乱动!

古今一愿

2013年2月23日

美酒良宵月夜圆，

高朋满座喜寒暄。

熟人三五今长叹，

腐败风传眼底寒？

只要人间无所憾，

风流时代话良言。

古今传统求一愿，

时代何时爱我官！

自 注：

诗取七律第二种平仄格式。
韵脚在《诗韵新编》十四寒，一韵通押。
题解：贪腐之事不可忽视，严重起来可使执政党失掉民心，"亡党亡国"！"十八大"决心反腐，可谓佳音！但愿实干，不仅仅停留在口上喽！

感国风

2013年4月13日

混世多魔重典刑,
官员腐败乱经营。
脏官不剐人心痛,
惩治贪官恨悻平。
社会安宁国事重,
道德法治必同行!
星君文艺香无供,
孔孟时髦看世情!

自 注:

诗取七律第二种平仄格式。
韵脚在《诗韵集成》下平声八庚、九青通押。
题解:社会开放经济发展了,走上了国富民强之路,人心开放也多了。只是当年使国家走上正道的毛、邓提得少了,民风德育有些下降了,此事年青人也许感觉不到,年长者或多少有些忧心呢!

春日寄情

2013年4月22日

春风涧水暖初晴,
旦喜天光雅兴浓。
一日消闲无幻梦,
清心寡欲好抒情。

青山细雨多平静,
苦辣酸甜五味行。
金玉无情心气硬,
千秋万代树连藤。

自注:

诗取七律第一种平仄格式。
韵脚在《中华新韵》十七庚、十八东通押。
题解:一年四季经过秋、冬便是春天。春天万物充满生机,总是让人充满希望之情,带来欢乐。一切美好的希望常常在春天萌发……
现代社会有的青年人很不在乎家庭和睦与男女感情,动不动就以自由、权利为理论依据来标榜自己是现代文明人,又常常陷入"自我"的泥潭中不能自拔……写这首小诗意在提醒那些以自我为中心的人,要注意社会上除了"自我"以外还有另一个概念,就是"他人"。而"他人"对于"自我"来说终归是多数。一个人离开他人,自己又从何谈起呢?

言之才

2013年5月2日

意赅言简作之才,

杂意繁词乱众怀。

现代文章今古外,

简繁得当正文来。

新潮无奈文风败,

经典传承正路塞。

或有公平千百怪,

谨防鬼魅作人胎!

自注:

诗取七律第一种平仄格式。

韵脚在《中华新韵》九开,一韵通押。

题解:此诗意在谈现代传媒文章在写法上的利弊。文章该长不长,该短不短,词句混乱。这在传承中华文化上,有意无意地起到一种损坏经典、扰乱中华文化的作用,相信有关方面久而久之会引起注意的。

钓鱼岛之歌

2013年6月4日

钓鱼岛上起风波，

倭寇重来野性多。

二战降兵心口热，

虎狼猫鼠乱同窝！

中华伟力心中坐，

钓岛收回唱凯歌。

海事巡航民快乐，

人民拥护笑呵呵！

自注：

诗取七律第一种平仄格式。
韵脚在《诗韵集成》下平声五歌，一韵通押。
题解：《半岛晨报》2013年6月4日A09版报道：奇发言人表示，中方坚持"问题留给后人解决的态度毋庸置疑，二十年前小平同志就发挥政治科研成果提出搁置争议。实际上现在东海问题也好、南海问题也好，都不具备彻底解决的条件，相关国家确实要有足够的战略耐心"。咀嚼这几句话，觉得不是滋味——这种说法至少是欠考虑。联系邓小平说话时的背景，他是对的。而现在情况变了，日本政府公开宣布将我国钓鱼岛收归由他们国有。情况变化，不能应对，还要我们现代干什么？无论什么事都"留给后人解决"，现在还要用这句话，未免刻舟求剑了！现在是中国用实际行动收回了钓鱼岛主权和管理权，永远保卫属于中国的每一寸土地。反对任何人发娘娘腔……

先生的诗

2013年6月17日

写诗言志上诗坛，　　男欢女爱随心恋，

世事知音妙语难。　　浊酒贪杯马不前。

拳脚和谐谈好汉，　　明日黄花思美艳，

思前想后对成联。　　今时派对即时缘！

自 注：

诗取七律第一种平仄格式。
韵脚在《诗韵集成》上平声四十寒转先通押。
题解：此诗如题，纯属笑谈，作诗说诗而已。

自我抡

2013年7月6日

蓝天绦地气迷人，

学贯中西事业勤。

老少妇孺肩重任，

歪诗一句动心神。

世人身世无迷信，

台上扬名自我抡。

高手雄心齐上阵，

坎坷路上共拂尘！

自 注：

诗取七律第一种平仄格式。
韵脚在《佩文诗韵》十一真、十二文通押。
题解：此诗系谈学诗的感觉，不迷信，全靠自己努力！

爱心抡①

2013年7月15日

无韵谈诗不懂文,

旧瓶旧酒必离群!

创新进步人须信,

社会公平续五伦!

现代生活肩重任,

何能拟古①自沉沦!

人生时代时人近,

处事和谐爱国人!

自注:

诗取七律第二种平仄格式。
韵脚在《诗韵集成》上平声十二文转真通押。
① 爱心抡:是抡才。
② 拟古:在这里强调食古不化这方面倾向。
题解:古体诗词的发展方向是旧瓶装新酒,反映社会主义建设、政治、经济、文化发展的现实。旧瓶装新酒的典范请看《毛泽东诗词》。

肚皮舞之歌

2013年8月11日

云山雾罩动情思,
秽气黄风众笑知。
腰带放开多展示,
肚皮舞态看呆痴。
舞台屏幕增收视,
岂可光身卖肉姿!
我等并非多碍事,
泱泱大国众心滋!

自注:

诗取七律第一种平仄格式。
韵脚在《佩文诗韵》上平声四支,一韵通押。
题解:2013年8月10日央视3台"回声嘹亮"专门播放跳肚皮舞的视频姿态,并让表演者演示用大腿带动肚皮抖动等怪态,令人感慨莫名。故写诗一首,以舒所感……
电视台引入黄歌滥舞,对广大青少年,特别是未成年人的成长影响不好。

抗日战争及世界反法西斯战争胜利六十八周年

2013年8月15日

中华抗战整八年,

血肉长城彻骨寒!

胜利结局如宿愿,

英灵慰藉可安眠;

蚁群武士空夸赞,

战败囚俘少笑颜。

可恨秃贼心念念,

民族警惕保平安!

自注:

诗取七律第一种平仄格式。

韵脚在《诗韵集成》下平声一先转寒删通押。

梦中龙

2013年8月18日

"四风"重典势须行,

廉政青天法制隆。

唯睹廉洁腰杆硬,

天堂演绎爱民情。

自强自力东风正,

天色民心遍地红。

资本人群衰老重,

东方飞跃梦中龙!

自 注:

诗取七律第一种平仄格式。

韵脚在《诗韵新编》十七庚、十八东通押。

题解:此诗为扫"四风"而作。从现在社会情况看,现实中"四风"问题较严重。如不整治,恐坏了党、国大计!新班子一上任便强化整"四风",实在是抓住了重点!

看文风

2013年9月8日

风花雪月不足评,

千古文豪兴趣浓。

旦夕诗心时涌动,

人情世道看分明。

维权护法金石硬,

至理名言系有情。

无虑鞋歪人脚正,

何期大爱必心横!

自注:

诗取七律每一种平仄格式。

韵脚在《诗韵新编》十七庚、十八东通押。

题解:开放的文化真正是达到了"百花齐放"了,因此也便有杂草丛生的苗头。就文风而言,尚难说纯正——这只是一种不一定正确的感觉。说出来仅供大家参考。

美、日又重来

2013年10月2日

抗美援朝勿忘怀,

如今美日欲合来。

民族热血淋漓外,

不信天塌地陷埋。

战火燃烧倭寇败,

东西鬼子必塌台!

海洋风暴蓝军帅!

导弹迎敌巧制裁!

自 注:

诗取七律第二种平仄格式。
韵脚在《词林正韵》第五部平声,九佳、十灰(半)通用。
题解:二战期间,我军民抗战八年,最终打败日本鬼子,把日寇赶出中国。新中国成立后,美帝国主义者发动朝鲜战争,成为中国人民的手下败将。这次美、日合流,欲挑战中国……现在中国强大了,敌再来,它们必死无疑!而且会比历史上败得更惨!

删诗

2013年12月20日

诗人劝友重芟诗,

诗改功成五遍时。

佳句得来凭理智,

无听高论我心知!

诗成八百惊心志,

千首无成或白痴!

有感敏捷杯酒日,

三年成事不为迟!

自 注:

诗取七律第一种平仄格式。
韵脚在《佩文诗韵》上平声四支,一韵通押。
题解:写诗的人离不开改诗与芟诗,我早有体会。这本来就是平常的事。这种高论没有听到之前,我自己早已知道的。龚自珍劝友删诗读后感。

五律

期汗

神游山海关

2008年6月18日

观鹤舞云端,

狂涛海浪翻。

心闲游散漫,

天下第一关!

远瞩长城恋,

秦皇卫国难!

孟姜情可叹,

大统保江山!

自注:

诗取五律第三律平仄格式。

韵脚在《诗韵新编》十四寒,一韵通押。

题解:从游山海关看长城想到秦始皇、孟姜女……进而想到北匈奴的进犯……如果没有长城的阻挡,后来的中国就难说了……想到长城的重要,功劳也有秦始皇的一份!正因为有了长城,北方匈奴即使短时间进占了,最终也被赶出中国!

入学歌

2008年9月1日

日月秋风肇,

千家索夜宵。

儿童求入校,

老子解腰包。

学子心开窍,

爹妈吃不消!

师生关系好,

心里乐陶陶!

自 注:

诗取五律第一种平仄格式。
韵脚在《诗韵新编》十三豪,一韵通押。
题解:入学难,择校风硬……

思想之舟

2009年2月21日

人生苦作舟,

妙在少忧愁。

无虑为人肉,

胡为也可羞。

人间多丑陋,

思想塑风流。

酒肉成荒谬,

成功有奔头!

自注:

诗取五律第四种平仄格式。
韵脚在《佩文诗韵》下平声十一尤,一韵通押。
题解:此诗是说人在生活中的点滴感受。

念归客

2009年6月19日

酒香菊看秀,

乘兴解心忧。

朋友传佳酿,

辉煌伴月秋。

酒迎心里客,

拳舞笑心头。

客醉心欢乐,

归留念发愁。

自 注：

诗取五律第二种平仄格式。
韵脚在《诗韵新编》十二侯，一韵通押。
题解：朋友长时间不见，难得一叙，归去似有一种惆怅之感。

西域之歌

2009年7月5日

西北本原荒,

当朝汉事忙。

来朝蒸日上,

丝路有光芒。

西域多模样,

班超一统强。

通婚情解放,

一统具称觞!

自 注:

诗取五律第三种平仄格式。
韵脚在《诗韵新编》十六唐,一韵通押。
题解:西域边疆一带领土从汉朝起即为中国管辖。西域督护班超在统一祖国保卫新疆上立下了汗马功劳,可以说是功不可没,史有明鉴。
西方帝国主义想分裂西域岂能容忍!

心事有成

2009年11月7日

人类有激情,

前途事业隆。

困难肩负重,

思想效愚公。

心手合一用,

天时或有应。

世人合与共,

天下事能成!

自 注:

诗取五律第三种平仄格式。
韵脚在《中华新韵》十七庚、十八东通押。
题解:事情是干出来的,但首先要能想出来。只干不想不行,想而不干也不行!

醉语

2010年2月18日

诗酒吐真情,
灵犀趣味浓。
醉言无忌硬,
真意志可明。
若得知音幸,
人生妇道平!
钟情无诟病,
跨步奔前程!

———
自注:

诗取五律第三种平仄格式。
韵脚在《诗韵新编》十七庚、十八东通押。
题解:时常能看到男人们酒醉茶后之状态。他们常常鄙视名利,还离不开名利。究竟为什么?谁也想说清楚,却又总是难以说清楚。说到底这是一个社会问题,是大学问……

读陆游

2010年4月5日

史赞陆游翁,
诗文国事忠。
胸怀文武重,
俯仰有贤名。

高处无肩并,
诗无爱处功!
明哲心事动,
妙语句含英!

自注:

诗取五律第三种平仄格式。
韵脚在《中华新韵》十七庚、十八东通押。
题解:此诗如题意,是为读书有感,敬怀古文人之意。

飘飘女

2010年6月21日

自由神女笑,

袒露肉时髦。

娱乐牵头早,

村姑乐也陶。

传媒亦最妙,

显露索格高。

回国开心抱,

胸无布片飘!

自注:

诗取五律第二种平仄格式。

韵脚在《诗韵新编》十三豪,一韵通押。

题解:改革开放以来从城市到乡村都掀起了一种裸露之风,露到不堪入目之地步……人们不无疑问,难道只有露肉才能让人感受美吗?

不过要说一句,露肉者终归还是少数!但是长此以往,对青少年的影响总是不好的!

说灵魂

2010年7月1日

灵魂著作艰，

擒纵大开篇。

着眼驱国难，

劈黄斧钺坚。

公私分界限，

笔划价值观！

吾辈良心见，

文章自我贤[①]！

自 注：

诗取五律第四种平仄格式。
韵脚在《诗韵集成》下平声一先转寒删通押。
①"自我贤"是自己管自己之意，非自我开始。
题解：贺《染色灵魂》出版发行。

海边携手

2010年8月22日

涧水长流透,
秋风伴水头。
海连风景秀,
任尔荡飞舟!

浪漫游不够,
中华远九州。
海边闲步遛,
携手度春秋!

自 注:

诗取五律第一种平仄格式。

韵脚在《佩文诗韵》下平声十一尤,一韵通押。

题解:生活在海边的人,时间长了,自然感到平常。但往多处想一想,幸福感自然会更多些。我这里说的是除了物质条件以外,更重要的应该是主观上的,精神上的。

乱伦……

2012年10月10日

无意奉花神，
花开自乱芬。
为情人放任，
所谓自由人！

守旧纷纷论，
西方造乱伦！
众人今始信，
悲剧见冤魂！

自 注：

诗取五律第三种平仄格式。
韵脚在《诗韵集成》上平声十一真通文元通押。
题解：《参考消息》2012年10月10日第15版登"英国《卫报》网站10月8日报道"中国性文化开放与保守'并肩而坐'6日，3万多参观者涌进第十届广州性文化节，观看了钢管舞，购买了007牌避孕套……"中国人民大学的潘绥铭表示文化大革命之后政府（对人们生活的）控制开始放松……人们可以有不以生孩子为目的性生活，他们可以为乐而性……这可能就是希拉里·克林顿的软实力吧？

换代无忧 ——写在"十八大"前夕

2012年11月6日

权大私无大,
　- - - -

无权者不愁。
　- - - |

私心无最好,
　- - - -

权大必无羞。
　- - - |

换代无难受,
　- - - |

庸贪饭必馊!
　- - - -

除心贪腐锈,
　- - - |

党性必无修!
　- - - -

自 注:

诗取五律第一种平仄格式。
韵脚在《诗韵新编》十二侯,一韵通押。
题解:"十八大"换届选举,群众多少有些议论,但广大人民群众还是坚信党中央的领导能力——一切将顺利进行!

"十八大"胜利召开

2012年11月8日

世界重真儒,

中华大政书。

民族多出路,

国政有操觚。

入寇敌无恕,

削平日寇猪!

文明通大路,

华夏有前途!

自注:

诗取五律第三种平仄格式。
韵脚在《佩文诗韵》上平声六鱼、七虞通押。

盛世篇

2013年2月8日

西风瑞雪寒,

遍地展新颜。

难得儿孙盼,

丰收过大年!

比邻无典范,

衣被也安然!

我辈思长叹,

深思盛世篇!

自 注:

诗取五律第四种平仄格式。
韵脚在《诗韵集成》下平声一先转寒删通押。
题解:此诗写欣逢盛世年关欢乐之情。写群众,也包括自己。

新春之歌

2013年2月9日

儿子送年糕,

"三十"瑞雪飘。

立春元日到,

渴望闹元宵。

老少心欢笑,

儿孙共撒娇。

和谐求孝道,

有感幸福潮!

自 注:

诗取五律第三种平仄格式。
韵脚在《诗韵集成》下平声四豪、二萧通押。

感飞龙梦

2013年6月26日

凤舞伴龙腾,

航天地外行。

瞬间成大梦,

飞跃上龙庭。

天外人飞动,

中华义气横。

拳头挥我硬,

世界感文明!

自注:

诗取五律第三种平仄格式。
韵脚在《佩文诗韵》下平声,八庚、九青、十蒸通押。
题解:有感航天成功。

不违时

2013年6月30日

不缺衣少吃,

有空喜谈诗。

挚友谈心志,

心音自己知。

时髦无揽事,

智者远呆痴。

思考人生智,

言谈不违时!

自 注:

诗取五律第二种平仄格式。
韵脚在《诗韵集成》上平声四支,一韵通押。
题解:人生重要的一点是不断学习,增长智慧。学习谈诗论事有感。

滨城游

2013年8月22日

烟霞飞袅袅,

游客多方好。

男女色情妖,

骚然迷半岛。

壮汉乔肥膘,

头油光不少。

娇客乱糟糟,

导游拉客跑!

自 注:

诗取仄韵五律格式。仄韵诗历来绝句多,律句少。试学作之。
韵脚在《诗韵新编》十三豪仄声、上声,一韵通押。

观潮与赶潮

2013年9月19日

龙腾雪浪涛,

雁阵骇飞逃。

银钾惊寰宇,

悬崖岸上哮。

冰山崩脚下,

呆汉浪尖抛!

魂魄飞天外,

年年更赶潮!

自 注:

诗取五律第四种平仄格式。
韵脚在《诗韵集成》下平声,二萧、三肴、四豪通押。
题解:钱塘观潮盛景年年不衰,安全总须注意好……

谁养活美国人？！

2013年10月3日

资本太逼人，
—│——│

金融利害深。
——││—

党争权过分，
│——││

不见自由人！
││——│

政府关门混，
││——│

人权送入坟！
——││—

天堂无可信，
——│—│

谁养美国人？！
——││—

自 注：

诗取五律第一种平仄格式。

韵脚在《诗韵新编》十五痕，一韵通押。

题解：据称在多年以前，美国人曾担忧中国人太多，吃饭都成问题。因发出"将来谁养活中国人"之叹息。现在中国人好好地活着，美国人已近饿饭，靠发债券过日子。中国反倒成了大债主……美国人应问问自己，谁养活美国人？！

台海前瞻

2013年11月14日

大国几千年,

台湾血肉连。

盗贼多冒犯,

割舍感心寒。

两岸连环干,

人民步履坚!

离合情苦难,

大统在眼前!

自 注:

诗取五律第三种平仄格式。
韵脚在《诗韵集成》下平声一先转寒通押。
题解:盼两岸早日和平统一有感。

答登月之问

2013年12月15日

人总要活着,

平生步步高。

追求当有道,

为善避蛇妖。

古道清风妙,

嫦娥玉兔邀!

无知人可笑,

猿咋有皮毛!

自注:

诗取五律第三种平仄格式。
韵脚在《中华新韵》十三豪,一韵通押。
题解:有人问为啥要登月?因写此诗答之,无须细说……

七绝

战 SARS 防害马

2003年5月28日

瘟疫临头畏死时,
- | - | | - | | -

江流船漏祸福知。
- | - | - | | | -

隔离救治德行事,
| | - | | - | | -

执法严防害马迟!
- | | - | - | | -

自 注:

诗取七绝第二种平仄格式。
韵脚在《诗韵集成》上平声四支,一韵通押。
题解:在 SARS 流行之时,社会上有个别的害群之马出现,须严加防范。

旷庐五柳

2004年4月

地偏心远酒知足，

大隐脱俗隐旷庐。

山气鸟飞无觅处，

晒石五柳意真孚！

自 注：

诗取七绝第一种平仄格式。
韵脚在《诗韵新编》十姑，一韵通押。
题解：1994年4月和先生一起去庐山参观五柳晒石等名胜有感。旧社会的知识分子是在有力无处使、有话无处说的环境中生存的，有苦难言的日子是难过的。
原稿以古风附后：
地偏心远夸旷庐，大隐脱俗诗酒足。
飞鸟山气无觅处，五柳晒石真意孚。

心怀桃源

2004年4月

陶令生活在远山，

胸怀理想话桃源。

人间闹市多情感，

十指连心冷热间！

自注：

诗取七绝第二种平仄格式。
韵脚在《诗韵新编》十四寒，一韵通押。

田园

2004年秋

秋风黄叶舞田园,

硕果丰收美又甜。

春夏栽培多奉献,

而今收获在人间!

自 注:

诗取七绝第一种平仄格式。
韵脚在《诗韵新编》十四寒,一韵通押。
题解:此诗意在描述果农们的丰收与社会的和平幸福景象。

秋瑾

2007 年 7 月 15 日

男子冲锋陷阵人,

木兰替父去从军。

英豪美女称秋瑾,

杀腐难为女士身!

自 注:

诗取七绝第二种平仄格式。
韵脚在《诗韵集成》上平声十一真转文通押。
题解:秋瑾(1875—1907),中国民主革命烈士,浙江绍兴人。1904年赴日本留学,1906年为反对日本颁布《清国留学生取缔规则》而归国,她提倡女权、宣传革命……工诗词,作品宣传民主革命、妇女解放,笔调雄健,感情奔放,著有《秋瑾集》。

咏长城

2008年4月5日

焚书霸道毁文明,

远见长城盖世功。

姜女范郎情苦痛,

中华一统爱黄龙!

自 注:

诗取七绝第一平仄格式。
韵脚在《诗韵新编》十七庚、十八东通押。
① 姜女:即民间故事人物孟姜女,相传为秦始皇时人。因为丈夫范喜良被迫修长城,寻夫哭于长城,城崩得见丈夫尸骸,后投海而死。
题解:人们习惯了秦始皇的暴君形象。但笔者以为对任何事物都要一分为二地看待,对秦始皇亦不例外。抛开尽人皆知的几大统一不说,仅就修长城一事,就其在古代战略即军事上的意义,永远是伟大的!因为长城的存在,真正地达到了中国人防御匈奴及其他外族入侵的目的。

孔孟之道

2008年4月21日

孔孟文坛国学风,

千年论道唱中庸。

整风一脉承传统,

社会公平大道通!

自 注:

诗取七绝第二种平仄格式。
韵脚在《诗韵集成》一东、二冬通押。
原稿以古风附后:
古风·只为公
孔孟之学唱中庸,极左极右路不通。
整风一脉好传统,主流解码只为公。
题解:如何才能把整风工作做好?一句话:只要为公就行。

感私奔

2008年5月4日

私奔隐市古多人,

相如文君爱至深。

一念终生情有信,

诗文激动女人心!

自 注:

诗取七绝第一种平仄格式。
韵脚在《诗韵新编》十五痕,一韵通押。
题解:司马相如与卓文君真是郎才女貌的一对,且爱情之纯真与牢固令千古之众所倾慕。当然,这只是就古人说古人,而非让现代青年过于放荡,随意地去过野性的生活。这里只是肯定古人爱情的纯真而已,别无他意,谨防曲解!

上诗坛

2010年1月2日

新潮时代涌诗坛,

里手行家亮巨篇。

鱼目混珠局搅乱,

渊明意会见南山!

自 注:

诗取七绝第一种平仄格式。
韵脚在《诗韵集成》下平声一先转删通押。

从文之情

2010年1月16日

愫①书多部看文风,

世代书香累世情。

旰②食③宵衣尤庆幸,

唯独步履记峥嵘!

自 注:

诗取七绝第一种平仄格式。
韵脚在《诗韵新编》十七庚、十八东通押。
① 愫:真实的感情,情愫,一倾积愫。
② 旰:音干。晚旰食。宵衣旰食。天不亮起床,很晚才吃饭,是说做事很勤劳,辛苦。
③ 食:吃,另音 si,拿东西给人吃。此字乃平仄两用字。

读龚自珍

2010年1月19日

为诗龚氏①喜文牍②,

典故名篇字句熟。

现代诸君多苦处,

复读常练见功夫!

自 注:

诗取七绝第一种平仄格式。
韵脚在《诗韵新编》十姑,一韵通押。和在古韵中是入声,现在入声消失了,入平声。
① 龚氏:即清代诗人龚自珍。他的诗古味极浓,爱用典故,每诗必用!读起来难,而获益则多!
② 牍:音读:文牍,机关里面的公文……

读李清照

2010年2月3日

女貌郎才自诩牛,

女身心态更风流。

官夫在外人无奈。

白日悠悠梦里愁!

自 注:

诗取七绝第二种平仄格式。
韵脚在《诗韵新编》十二侯,一韵通押。
题解:李清照,宋代女诗人,济南人,号易安居士。生于官宦之家,书香之门。自小爱诗文,诗文积淀较深。王灼曰:"易安居士作长短句,能曲折尽人意,姿态百出。"沈谦曰:"男中李后主,女中李易安,极是当行本色。"余评较多,略……

宋江与李逵

2010年2月17日

黑脸英雄赞李逵,

宋江叛逆弟兄亏。

辜恩忘义千年罪,

追命魂归酒一杯!

自 注:

诗取七绝第二种平仄格式。
韵脚在《诗韵新编》八微,一韵通押。
题解:逼上梁山的人之一宋江,借梁山泊英雄之力,达到了他早已预谋好的投降宋朝皇帝的招安梦想。但统治者利用他打败别的义军之后,便赐他毒酒一杯要他的命,更可恨的是,他死前却让兄弟李逵同饮毒酒一同死去。可悲至极!

悯黛玉，叹晓旭

2010年2月29日

木石奇遇不成缘，
— | — | — —

爱恨情仇梦可怜。
— | — | — —

现代迷茫求称愿，
— | — — | —

凡人入戏令心寒。
— — | | — —

自注：

诗取七绝第一种平仄格式。
韵脚在《诗韵集成》下平声一先转寒通押。
题解：《红楼梦》中宝黛爱情故事感人至深，使演员陈晓旭进入戏的角色而出不来，终获重病早逝，令人感叹……

祭秦皇

2010年3月16日

中华大统第一人,

诗酒铭心寄国君。

万里长城一寸寸,

民族雄踞地球村。

自注：

诗取七绝第一种平仄格式。
韵脚在《诗韵集成》上平声十一真通文、元通通押。
题解：从历史到现实，对秦始皇的评价几乎是一个声音：暴君！这只是看到了他的一个方面，那么其余的呢？说法不一，所以今有此诗……

文成公主

2010年3月22日

古代西戎拜大唐,

皇家嫁女热心肠。

文成公主通西藏,

翁婿亲情立国长!

自注:

诗取七绝第二种平仄格式。
韵脚在《诗韵集成》下平声七阳,一韵通押。
题解:史载西域吐蕃,即西藏部落首领松赞干布,率部下载厚礼亲往唐朝纳贡称臣。唐太宗养女文成公主于贞观十五年(641)与吐蕃赞普松赞干布联姻,唐封松赞干布为賨王。联姻后藏籍称"甲萨公主",意为汉妃公主。文成公主入藏带去汉族陶器、碾磨、纸张、酿酒等技艺、历算及医药、文化知识入藏,深受藏族人民崇敬。在小召寺、今大召寺、布达拉宫广建塑像,扎什伦布寺、萨加寺等皆有绘画壁画像。从此,汉、藏翁婿亲如一家,西藏统一到华夏,成为大家庭的一员。

祭岳飞

2010年4月5日

莫须有罪害将军,

可耻奸臣跪岳坟。

无道昏君千古恨,

威权腐败造冤魂!

自注:

诗取七绝第一种平仄格式。

韵脚在《诗韵新编》十五痕,一韵通押。

题解:岳飞是中国历史上著名的民族英雄。在南宋时期抗金战斗中屡建奇功,但却被昏庸无能的国君与奸相秦桧密谋杀害,造成了历史的悲哀。

思量

2010年4月13日

文人墨客夜思量,

佳句得来苦断肠。

穷寇威风无可让,

家门紧闭上厅堂!

自 注:

诗取七绝第一种平仄格式。
韵脚在《诗韵集成》下平声七阳,一韵通押。
题解:意在防盗维权。

迷离

2010年5月16日

天上风云滚滚奇,
- | - | - | -

红尘脚下乱迷离。
- - | - | - -

人间万事虽留意,
- - | - - | -

半是清晰半是谜!
| - | - | - |

自注:

诗取七绝第二种平仄格式。
韵脚在《诗韵新编》七齐,一韵通押。
题解:写诗容易,写好诗则难。难就难在如何才能认清人情世故。

隐逸人

2010年6月22日

心中块垒著诗文,

稳坐十年隐逸人。

温雅如今无所问,

唯依章句慰灵魂!

自注:

诗取七绝第一种平仄格式。
韵脚在《诗韵集成》上平声十二文转真,元通押。
题解:此诗戏赠先生。有时谈诗论政,说起来大话连篇……有时坐下来半天不发一言……我当然知道他又在思考一个什么诗题。此时是不能打搅的,干自己的事情去就是了。

生日酒

2010年7月8日

别离不惧说前程，

旦喜今生白发情。

且饮团圆生日酒，

勿贪身后几虚名！

自 注：

诗取七绝第一种平仄格式。
韵脚在《诗韵集成》下平声八庚，一韵通押。
题解：先生援藏归来，一次我过生日，为我祝酒，全家幸福快乐，事后补记生日诗一首。

砍樵郎

2010年7月22日

麦黄蚕老砍樵郎，

越岭翻山壮士强。

豪气填胸抡大杠，

未求衣锦自还乡！

自 注：

诗取七绝第一种平仄格式。
韵脚在《诗韵集成》下平声七阳，一韵通押。
题解：先生笔耕十年，有苦有甜。近日第三部书长篇小说《染色灵魂》出版，发行全国。推荐之声不绝于耳，终于迎来了成功的喜悦。可是回忆过往绝非容易，就像一个砍柴人一样，日日奔忙于山上山下，令人感慨……故有此诗。

公心

2010年8月1日

染色灵魂尽善陈，

五光十色自然人。

尊容万变平心论，

时代光辉近美伦！

自 注：

诗取七绝第二种平仄格式。
韵脚在《诗韵集成》上平声十一真，一韵通押。
题解：先生孙元凯著的长篇小说《染色灵魂》出版发行，评论家都有许多独到的见解。作为妻子的特殊身份，自己没有什么更出色的夸赞的话好讲。只觉得书中写的人物故事都是现实生活的客观反映。人物的美丑嘴脸刻画，与对社会的思想认识如何，自有公论。

谈先生

2010年8月6日

聪明未必是天生,
- - | | - - |

但信艰辛塑性灵。
| - - | - - |

半世并肩知尔命,
| - | - - | |

得来妻小总心疼!
| - - | | - |

自 注:

诗取七绝第一平仄格式。
韵脚在《诗韵新编》十七庚,一韵通押。

公与私

2010年10月24日

资本公平爱国家,

贫穷富贵不相掐。

为民再大无天大,

私有甘为富国花!

自 注:

诗取七绝第二种平仄格式。

韵脚在《诗韵新编》一麻,一韵通押。古是入声,现在入声消失了,转入平声。

题解:学习第十七届五中全会精神,看中国发展走向有感。

私有,不管是单个或合起来都不能超越国家。否则,我们不变成资本主义国家了吗?

大漠桃源

2010年11月18日

荒原西部有桃源,

尚待开怀几百年。

后代来人无饿饭,

子孙万代富连绵!

自注:

诗取七绝第二种平仄格式。
韵脚在《诗韵新编》十四寒,一韵通押。
题解:从西部走过来的人都热爱那里。道理很简单,那里民族团结好,人气旺。还有那埋藏在地下的,应有尽有的无尽宝藏。这对国家经济和国防建设是取之不尽、用之不竭的力量源泉。

人情

2011年1月2日

人情嫉妒本平常,

人赶人追我笑狂。

能者为师成榜样,

心平气顺热心肠!

自 注:

诗取七绝第一种平仄格式。
韵脚在《诗韵集成》下平声七阳,一韵通押。

叹艺苑

2011年2月

断代诗词断续来,

阳春白雪自乏才。

精神传统尤难再,

歌舞垃圾总霸台!

自 注:

诗取七绝第二种平仄格式。
韵脚在《诗韵集成》上平声十灰,一韵通押。
题解:由于对现代歌舞中的许多空洞无物的东西感到极其乏味,个别的东西甚至让人反感,因有此一叹。

贫富共存

2011年3月5日

旧瓶新酒我诗心,

伟大实时爱国人。

时代风烟知远近,

德行贫富共生存!

自 注:

诗取七绝第一种平仄格式。
韵脚在《诗韵新编》十五痕,一韵通押。
题解:此诗提倡写古诗要用旧格式装新内容,一定要写现实生活,而不要脱离实际。这首诗提到了现实生活中贫富差别问题,应该逐渐拉近,而不是越拉越大……

孤木难成

2011年3月11日

孤木难成作栋梁,
— — | — | | —

成则不易展辉煌。
— | | — — | —

深山漫谷川流旺,
— — | | — — |

峡谷林森万里长!
| | — — | | —

自 注:

诗取七绝第二种平仄格式。
韵脚在《诗韵集成》下平声七阳,一韵通押。
题解:大自然的存在,自古以来形成某种规律,是为客观而形成的。群居,共存,互利发展,是不可逆转的潮流。人当然绝无例外!

春宵戏吟

2011年4月16日

春宵月下醉花阴,
- - | | | - -

梦里江山也诱人。
| - - | | - -

蜜语柔情寻美意,
| | - - - | |

醒来一笑尚开心!
| - - | | - -

自 注:

诗取七绝第一种平仄格式。
韵脚在《诗韵集成》下平声十二侵通真通押。
题解:这是一首自娱自乐的游戏之作,不可认真!

求知

2011年5月4日

时间总是在飞驰,

创造才能有价值。

伏笔书来求立志,

人生在世怕无知!

———
自注:

诗取七绝第一种平仄格式。
韵脚在《诗韵新编》五支,一韵通押。
题解:时间与生命总是向着一个方向前进,因此值得重视。也许青年人感受还不太深,故写诗提醒之。

携手

2011年5月21日

体魄精神或敢当,

自然天命百年长。

怀揣理想人兴旺,

携手潮头看太阳!

自 注:

诗取七绝第二种平仄格式。
韵脚在《诗韵集成》下平声七阳,一韵通押。
题解:体魄精神如果能承受得了,长期的理想事业应当还有兴旺的机会。两个人携手奋斗同心协力,总有看到胜利的一天。

少年

2011年6月1日

少年无虑度人生，

环境从优信有成。

理想如能成大梦，

老来愿望许成功！

自注：

诗取七绝第一种平仄格式。
韵脚在《诗韵新编》十七庚、十八东通押。
题解：回忆青少年阶段转眼之间就过去了，而中年以来时光流逝太快……不过努力一番还应该干出一些成绩来的。

出书有感

2011年6月28日

《染色灵魂》抚镜花，

文人墨客众夸夸。

铺天盖地雷声大，

名著书香送到家！

自 注：

诗取七绝第二种平仄格式。
韵脚在《诗韵集成》下平声六麻，一韵通押。
题解：先生孙元凯著的长篇小说《染色灵魂》于2010年7月由文化艺术出版社出版发行之际，万万没想到从网络到报纸震动很大。凭着这部长篇，先生一举完成从文"三级跳"顺利参加作协，被批准为中国作家协会会员。因而多有所感……

面试归来

2011年6月28日

面试年兄兴趣浓,
- - - - - -

东西南北路公平。
- - - | - -

十年不觉扬州梦,
- - - | - -

高榜迎来喜气盈!
- - - - | -

自注:

诗取七绝第二种平仄格式。
韵脚在《诗韵新编》十七庚、十八东通押。

激情

2011年7月8日

俗称大器晚来成,
- - | | | -

尔有雄心伴一生。
| - | - | - -

未老诗心时有兴,
| - | - - | |

朝朝暮暮感激情!
- - | | | - -

自注:

诗取七绝第一种平仄格式。

韵脚在《诗韵集成》下平声八庚,一韵通押。

题解:近年来先生口中每年都自叹老矣,可年年又说自己觉得很奇怪——一年比一年更聪明……越老越聪明,岂不返老还童了!老而聪明之说未可全信,只是他的生活激情确实是不减当年,因写诗赞之。

啤酒大棚

2011年7月27日

诗情画意喜情浓,

月夜歌声百度情。

啤酒大棚人尽兴,

政商联手好兴隆!

自 注:

诗取七绝第一种平仄格式。
韵脚在《诗韵新编》十七庚、十八东通押。
题解:星海湾这个旅游景点参观游客络绎不绝,繁华鼎盛……可惜每年夏季"慕尼黑"等等啤酒大棚一搭起来,普通游客就没戏了……市政当局生财有道——相比之下,北京市就自愧弗如了。否则,在天安门广场也搭上啤酒大棚,如此来钱岂不更多些?!

美与丑

2011年8月11日

人情冷暖世之秋,

善恶形成各所求。

霸主金钱人看够,

无分美丑令人忧!

自 注:

诗取七绝第一种平仄格式。
韵脚在《诗韵新编》十二侯,一韵通押。
题解:美与丑在不同时代看法不同,过去是奉献,现在是拥有乃至霸占,此风应逐渐扭转。

唯勤

2011年9月6日

花天酒地毁人才,

或可读书解壮怀。

惰性人人传几代,

唯勤补拙智能来!

自 注:

诗取七绝第一种平仄格式。
韵脚在《诗韵新编》九开,一韵通押。
题解:这是自己在日常生活学习中的深切感受,勤能补拙是条客观规律,再笨的人,只要肯下功夫,天长地久也会有一定的进步。功到自然成,并非虚话。

傻爱

2011年9月28日

当年巧遇大兵哥,

少女心痴坠爱河。

颠沛①流离辛苦过,

谁知傻爱②幸福多!

自 注:

诗取七绝第一种平仄格式。
韵脚在《诗韵集成》下平声五歌,一韵通押。
① 颠沛:是说在生活、工作调动,甚至不稳定受挫折等方面。
② 傻爱:是先生对自己关于生活和爱的评语。本人却不知自己傻在何处。

诗人王维

2011年10月17日

王维才气少惊人,

冠冕堂皇政绩勤。

进退清廉心力尽,

为官顶戴也斯文!

自 注:

诗取七绝第一种平仄格式。
韵脚在《诗韵新编》十五痕,一韵通押。
少惊人:少音 shào,年少,男女老少,少女。
题解:王维原籍今山西蒲州(永济西),盛唐著名诗人。少年成才,工诗善画博学多艺。青年时即擢进士第,从此开始了他一生颠沛流离、亦官亦民的洁廉人生。但是他始终以清醒的头脑面对现实,写出了不少具有现实意义的诗作,赢得了人们的爱戴。

夸中药

2011年11月9日

心夸知柏地黄名,

药到疾除好性能。

普世温馨除病痛,

方知中药有神灵!

自 注:

诗取七绝第二种平仄格式。
韵脚在《诗韵新编》十七庚,一韵通押。
题解:"知柏"是指传统中药知柏地黄丸。一次胁骨右侧疼痛,放射到后背下,累及腰部不适。吃了两天药丸居然使痛感很快消失,因有所感而写此诗。
原稿以古风体附后:
千古中药夸其名,物美价廉好性能。
性善普世除病痛,诗吟知柏万事宁。

异域通婚

2011年12月21日

汉女通婚塞北君,

文姬出塞沐皇恩。

通西和北民心顺,

爱国当恩大女人!

自注:

诗取七绝第二种平仄格式。
韵脚在《诗韵新编》十五痕,一韵通押。
题解:汉蔡文姬出塞与塞北外族胡人通婚……新疆维吾尔族女号称香妃者嫁入清庭……早有唐文成公主入藏……新中国新疆维吾尔自治区主席赛福鼎亲自在周总理面前提出维汉通婚,这一切通婚都是民族和睦相处、各族人民团结相融合的历史潮流……
原稿不入律,以古风附后:
汉女出塞无惜身,内地边疆早和婚。
和北通西家国顺,永筑口碑世人心!

雅兴

2012年1月2日

青春作赋老穷经,

千古文风渐变更。

现代懵懂①无雅兴②,

趋功逐利拜名伶!

自注:

诗取七绝第一种平仄格式。
韵脚在《诗韵集成》八庚、九青通押。
① 懵懂:冬烘浅陋。王定保《唐摭言·误放》:"郑侍郎熏主文,误谓颜标及鲁公之后……寻为无名子所嘲曰:'主司头脑大冬烘,错认颜标作鲁公。'"《辞海》第1007页。
② 雅兴:即兴致。

无题

2012年2月18日

寂寞难为事业成，
- | - | - |

亲情骨肉累宾朋。
- | - | - |

寒心嫉妒冰凉硬，
- | - | - |

铜臭熏得肉欲横！
- | - | - |

自注：

诗取七绝第二种平仄格式。
韵脚在《诗韵集成》下平声八庚通蒸通押。
题解：此诗是对世风而言，前后左右多多少少有种奢靡之感，说出来以示警醒。

军婚苦乐

2012年3月10日

沈阳婚嫁有奇缘,
|-|-|-|-|

可叹军婚两地难。
|-|-|-|-|

理想人生多苦干,
|-|-|-|-|

幸福情怀少饥寒!
|-|-|-|-|

自 注:

诗取七绝第一种平仄格式。
韵脚在《诗韵集成》下平声一先转寒通押。
题解:青年时期本来可以在沈阳就地找对象,立业成家。但在一个特殊机缘里,却嫁军人为妻。几十年过去了,生活还算和谐美满,过得去!

迷途

2012年4月

无声无色漫长空,

谁晓天南地北中。

天籁何能觅细缝,

人间随意裸迷踪?!

自注:

诗取七绝第一种平仄格式。
韵脚在《诗韵集成》上平声一东、二冬通押。
题解:无边大海,人们随时能感到的一种说法叫海阔天空。美丽的大海也有一种不足。海滨常常充满雾气,总给人一种无可奈何的感觉。有人笑着说,谁让你生活在这里。

"有教无类"呼?

2012年5月4日

门窗卸下毒虫来,

秽气邪风塞满怀。

传统优良如败坏,

有教无类后悲哀!

自注:

诗取七绝第一种平仄格式。
韵脚在《诗韵新编》九开,一韵通押。
题解:孔子有教无类之说最初是狭义上的。在不同的社会历史阶段和政治经济条件下,受教育和被教育的制度和内容暨最终所要达到的教育目的和结果是完全不同的……
科学可以是无国界的。但文化传统、价值观念、宗教信仰似乎不能谁嘴大就谁说了算!
孔子"有教无类"的教育主张,东汉马融注为"言人所在见教,无有种类"。不分贵贱贤愚地区,任何人都可以作为教育对象,客观上使教育走向大众化趋势。就孔子所处的时代来说是时代思想的进步。
但现在世界历史的发展阶段不同了,有衰退没落帝国的资本主义,有新兴的社会主义国家、民主国家，以及半资本半君主制国家。什么人都有权受教育是不错的，但不能什么腐烂发臭的资本主义教育都接受，比如虚假人权论……及资本主义的价值观，在社会主义国家是不能接受的。

一些衰退没落的资本帝国，梦想用他们的虚假人权幌子、价值观等所谓软实力来腐蚀我们，这是绝对不能接受的。奉劝那些喜欢肚皮舞、热衷性开放、"一年半就要一个轮回"的青年人，尽早悬崖勒马吧！无论于公于私好处多着哪！

飞天

2012年6月18日

神舟九号对天宫,

儿女飞天立大功。

世界纷争须冷静,

嫦娥笑脸盼英雄!

自 注:

诗取七绝第一种平仄格式。
韵脚在《诗韵集成》上平声一东,一韵通押。
题解:2012年6月18日我国"神舟九号"航天对接成功,航天事业又向前迈进一大步,有感作诗一首。

有感中国"飞天谙海"……

2012 年 6 月 26 日

腾云驾雾起神州,

倒海翻江戏水游。

人类千年玩作秀,

玉皇无奈笑摇头!

自 注：

诗取七绝第一种平仄格式。
韵脚在《诗韵集成》下平声十一尤，一韵通押。
题解：近日中国在航天与谙海几乎同步取得科技试验成功（神舟九号手动对接成功与深海探测超 7000……），使举国上下欢欣鼓舞，沉思有感……

感摘杏亡命人

2012年7月5日

公园种果不应当,

亡命强摘唾骂狂。

涕泗横流多丑样,

旁人局外细思量!

自 注:

诗取七绝第一种平仄格式。
韵脚在《诗韵集成》下平声七阳,一韵通押。
题解:《半岛晨报》载文,昨日一名五十岁左右男子在甘井子公园爬树摘杏,不慎失足丢命。怪事怪人令人深思……

感书成

2012年8月22日

诗传正气重文明,

华夏民风世代情。

为有流传积厚重,

上行下效必兴隆!

自 注:

诗取七绝第一种平仄格式。
韵脚在《诗韵新编》十七庚、十八东通押。
题解:此诗写于《孙元凯诗词集》二卷和《韩雅秋诗词集》同时出版之际。

正义之路

2012年9月8日

胸怀正义人心足，

展望未来拓坦途。

脚踏悬梯无乱步，

平添事业慰寒族①！

自 注：

诗取七绝第三种平仄格式。
韵脚在《诗韵新编》十姑，一韵通押。古入声，现入声消失，归平声。
① 寒族：自家，小家。凭着个人的努力克服前进中的困难，终于取得某种成功，自然地得到心灵的些许安慰。

人间比翼

2012年10月6日

天上游龙戏凤凰,

人间比翼梦惶惶。

年轮风雨随时壮,

满腹经纶上大堂①!

自 注:

诗取七绝第二种平仄格式。
韵脚在《诗韵集成》下平声七阳,一韵通押。
题解:2012年10月《孙元凯诗词集》二卷与《韩雅秋诗词集》同时出版发行,亲朋好友都相随祝贺。
大家的鼓励对自己多少有一些推动,高兴之余写一首小诗留作纪念。
① 上大堂:在此比作走向社会,做一点贡献之意。

奇葩 —— 中国作家莫言获诺奖

2012年10月12日

诺奖风传送到家,

文坛庆幸出奇葩。

风云涌动雷声大,

独子须防乱捧杀!

自 注:

诗取七绝第二种平仄格式。
韵脚在《诗韵新编》一麻,一韵通押。

祭英雄

2012年11月27日

英雄豪迈至牺牲,

累倒人人泪眼盈。

忘我作风诚可敬,

妇孺共祭在心中!

自 注:

诗取七绝第一种平仄格式。
韵脚在《诗韵新编》十七庚、十八东通押。
题解:沈飞高工罗阳在指挥歼-15航母工作中,由于劳累过度引起心脏病突发而去逝……广大人民群众为其哀痛悲不自胜,特写一首诗纪念。

崛起梦

2012年11月30日

中华崛起梦骄人,

乱坠天花泣鬼神。

时代人生肩重任,

民族振奋慑敌魂!

自 注:

诗取七绝第一种平仄格式。
韵脚在《诗韵集成》上平声十一真转元通押。
题解:"十八大"胜利召开,新的崛起之梦已经开演,国家兴旺,人心欢喜,民情振奋,震慑鬼魂……

做人

2012年12月20日

无欲无私尽善陈,

平生琐事也劳神。

人间正道求诚信,

掌握身心好做人!

自注:

诗取七绝第二种平仄格式。
韵脚在《诗韵集成》上平声十一真,一韵通押。
题解:人生活在世界上,千难万难做人最难。难就难在人的心思与做人的方式是不一样的。人无权去管他人,但求能驾驭自己,不做怪事便可减少劳神了。

末日绝句

2012年12月23日

人间末日未曾来,

资本源源快垮台。

华夏天堂将永在,

民强国富乐开怀!

自 注:

诗取七绝第一种平仄格式。
韵脚在《诗韵新编》九开,一韵通押。
题解:2012年12月21日"世界末日"没能出现,谎言不攻自破!苏联各地纪念斯大林诞辰133年热火朝天,故乡哥里将重竖其铜像,并贴出标语宣称:"世界末日是神话,资本主义末日是现实。"可见,革命的火种是永远不会熄灭的!只要坚持抗击帝国主义侵略,社会主义的发展直至胜利是必然的!

唱诗

2013年1月8日

时代风流逆转时,

诗传断代告人知。

先生携手诗坛事,

我欲诗和伴侣诗!

自注:

诗取七绝第二种平仄格式。
韵脚在《诗韵集成》上平声四支,一韵通押。
题解:先生首提断代诗概念,深得有关方面及诗坛人士认可,这是他写诗的动力之一。他在理论和实践中做出很大的努力,取得了一定的成果。首先受影响的是我,"没吃过肥猪肉但总是见过了肥猪走。"在家庭环境影响下,自己也写了一些诗,并对诗产生了很大兴趣。第一卷《韩雅秋诗词集》的出版,极大地增强了学诗写诗的信心,相信自己会迈着坚定的步子走下去,直至永久……

幸福

2013年2月16日

千山万水步天涯,

国政家庭两朵花。

事业人生培养大,

幸福多少在国家!

自注:

诗取七绝第一种平仄格式。
韵脚在《诗韵集成》下平声六麻,一韵通押。
题解:现在媒体不断采访群众,问对幸福的看法。一般回答都是肯定的,这与个人努力是分不开的。

风云激荡

2013年2月25日

立国安邦亿众能，

风云激荡友情浓。

明时胜境飞龙梦，

物竞天择①普世情！

自 注：

诗取七绝第二种平仄格式。
韵脚在《诗韵新编》十七庚、十八东通押。
题解："明时胜境"指美好的风景，优越的形势说。
① 物竞天择：是严复用语。是对于生存竞争和自然选择的概括。歌颂不断进步发展给人的感受。

美人一笑

2013年3月8日

樽①酒歪诗恋有情，

诗家无酒便无能。

美人一笑博君幸，

或许身心系永衡！

自注：

诗取七绝第二种平仄格式。
韵脚在《诗韵集成》下平声八庚，通蒸通押。
① 樽：古盛酒的器具，像罐子。
题解：诗酒中见心态，民风中见真情，见民心，见未来。现在社会改革开放，国家富强了，人心求富、求公，更求稳定。

知青

2013年3月15日

交接两会大局成，

五代操盘政令通。

振臂一呼人百应，

毛公远见寄知青！

自 注：

诗取七绝第一种平仄格式。
韵脚在《诗韵新编》十七庚、十八东通押。
题解：昨日两会圆满完成上层领导交接。习近平当选国家主席和军委主席。从公布的资料得知，习近平系当年知青出身。
关于知青背景，现代政坛稍加注意就不难发现，正是当年知青响应毛泽东上山下乡的号召，下到农村锻炼，由弱不禁风的幼苗终于成长为参天大树，可喜可贺！

看飞龙

2013年3月16日

风雷滚滚震东溟,

大地人间缕缕情。

华夏九州都庆幸,

和谐智慧看飞龙!

自 注:

诗取七绝第一种平仄格式。
韵脚在《诗韵集成》下平声八庚、九青通押。
题解:"十八大"胜利召开振奋人心,震撼世界。坚持共产党领导,高举中国特色社会主义大旗,坚持有中国特色社会主义道路,令举国上下欢腾一片,民心所向众望所归,中国人民的福祉和国家未来命运紧紧和党联系在一起,中国未来的前途无可限量!

心横

2013年4月3日

山南海北闯人生,

半世奔波不了情。

屡屡赢得人间幸,

说来经验是心横!

―――

自 注:

诗取七绝第一种平仄格式。
韵脚在《诗韵集成》下平声八庚,一韵通押。
题解:这里说的"心横"是指对事业的认知、行动和决心,是正能量。

家门口……

2013年4月7日

鬼哭狼嚎滥①麻团，

鹤唳风声感苦寒。

天国②安宁全搅乱，

家门口处告尊严！

自注：

诗取七绝第一种平仄格式。
韵脚在《诗韵新编》十四寒，一韵通押。
① 滥：过度地，无限制地……陈词滥调。
② 天国：对我们来说是天朝大国的意思。
题解：外交部部长王毅6日晚应约同联合国秘书长潘基文通电话。潘基文对朝鲜半岛局势深表关切和忧虑……王毅说：中方对当前事态表示严重关切……不管局势如何变化，都应坚持通过对话解决问题，坚持半岛无核化，坚持维护半岛和平与稳定。朝鲜半岛是中国近邻……不允许在中国的家门口生事。呼吁恢复六方会谈。

爱春

2013年4月16日

情致为诗共笑春,

白花飞雪景宜人。

争春百草求鲜嫩,

难解时人爱美心!

自 注:

诗取七绝第二种平仄格式。
韵脚在《诗韵集成》下平声十二侵通真通押。
题解:春天的景色,年复一年,无愁无怨,永远开心。所以人们永远热爱春天。人们又把青年时光比作春天,是不无道理的。

鼎立之威

2013年4月18日

强强联合笑呵呵,

世界安全把握多。

霸道难欺民永乐,

和平战略看中俄!

自 注:

诗取七绝第一种平仄格式。
韵脚在《诗韵集成》上平声五歌,一韵通押。
题解:世界三足鼎立的局面已经形成,中俄已成为战略伙伴。美日等帝国主义政客贼心不死,但由于中俄联手国土面积广大,人口众多。俄罗斯科技、工业基础牢固,而中国经济后来居上的局面已经形成。科技发展日新月异,国力是足以自卫……
如今中国只要站稳脚跟,美日及其走狗们,经济国力正在衰退,妄想以军事相威胁,已成昨日黄花,黄粱美梦。让一切敌对势力望洋兴叹去吧!

四季情长

2013年4月22日

春花可爱柳丝长,

炎夏温柔可纳凉。

明月秋分常气爽,

寒冬酷象却平常!

自 注:

诗取七绝第一种平仄格式。
韵脚在《诗韵集成》下平声七阳,一韵通押。
题解:大连是四季分明的气候。夏天不太热,冬天不太冷,最适合人居的城市。

温馨

2013年4月26日

龙飞凤舞上天堂,

天上人间意味长。

和睦家庭怀盼望,

温馨欢乐在书房!

自注:

诗取七绝第一种平仄格式。
韵脚在《诗韵集成》下平声七阳,一韵通押。
题解:春暖花开之际,两个人闲来无事,在书房里翻书,有时谈诗论政,过着平凡的日子,想来在无趣中或感有趣似的。

咋生娃？！

2013年4月30日

西方伦理乱如麻，

性滥人间变态家。

同性艾滋瘟疫怕，

婚姻同性咋生娃！

自 注：

诗取七绝第一种平仄格式。
韵脚在《诗韵集成》下平声六麻，一韵通押。
题解：2013年4月30日《参考消息》第8版登《日本时报》网站4月29日报道题：同性恋大游行开启首个"东京彩虹网"，标题为：日同性恋大游行上万人参加。
婚姻本是异性的结合。同性婚姻是人类发展倒退的象征，是反科学、反道德的行为。如果任其恶搞下去，后患无穷！说出这些话来只想对国家后代负责！外国月亮并不比中国的更圆，中屁洋屁都是臭的！

五四纪念

2013年5月4日

五四珠连近百年,

青年思想有光环。

亲民爱国排忧患,

反腐民心世代传!

自注:

诗取七绝第二种平仄格式。
韵脚在《诗韵集成》下平声一先转删通押。
题解:五四运动是于1919年5月4日由北京学生发起的中国人民反帝反封建的爱国运动。五四运动是中国由旧民主主义革命转变为新民主主义革命的转折点。促进了新文化运动的深入发展及马克思主义同中国工人运动的结合,为中国共产党的成立作了思想上和组织上的准备。

新春

2013年5月5日

生活事事有成因,

意念悬悬半世心。

人世魔方多妙论,

七十不古看新春!

自 注:

诗取七绝第一种平仄格式。
韵脚在《诗韵集成》下平声十二侵通真通押。
题解:报载英国著名科学家斯蒂芬·霍金现年71岁,想进行一次太空旅行。他表示身体状况不会妨碍他梦想成真。他的气派很有启发性。

炼句

2013 年 5 月 8 日

思想平凡炼句难，

新词丰富出真言。

千言万语繁花现，

大事吟成妙语间！

自注：

诗取七绝第二种平仄格式。
韵脚在《诗韵新编》十四寒，一韵通押。
题解：近日报载文谈造句之事，联想起来颇多感受，觉得人们写文章技能如何，造句上颇能表现出来。特别是在写作诗歌时字数少，要做到言简意赅，所以造句炼字是基本功。因为有了这种想法，才写出了这首小诗。如有不妥之处望指正！

新手之歌

2013年5月10日

新诗古体最高楼,
— — │ │ — — │

儿女登攀也犯愁。
— │ — — │ │ —

鼓舞欢欣多作秀,
│ │ — — — │ │

刷刷点点在心头!
— — │ │ │ — —

自注:

诗取七绝第一种平仄格式。
韵脚在《诗韵集成》下平声十一尤,一韵通押。
题解:讲上网操作是新手,谈写诗也许就不那么新了。

拙笔

2013年5月17日

佳人名句喜人夸,

古体诗词炼句佳。

老小人生学做大,

无能拙笔笨如鸭!

自 注:

诗取七绝第一种平仄格式。
韵脚在《诗韵新编》一麻,一韵通押。

履新

2013年5月18日

新手学车唱凯歌,

油门扭动可张罗。

耐心练到阴晴过,

老少开车故事多!

自 注:

诗取七绝第二种平仄格式。
韵脚在《诗韵集成》下平声五歌,一韵通押。

祭慰安妇

2013年5月19日

日寇疯狂鬼见愁,

卑微桥下彻昏头。

慰安妇泪心穿透,

妇女冤魂死不休!

自 注:

诗取七绝第二种平仄格式。
韵脚在《诗韵集成》下平声十一尤,一韵通押。
题解:《参考消息》报道"美严厉谴责桥下彻慰安妇谬论",桥下彻辩称美也有慰安妇问题……看后令人气愤……日寇的疯狂不但让活着的人恼恨,甚至死去的鬼魂都会惊诧……活着的人听了,焉能不感到切肤之痛!

正能量

2013年5月21日

正气风潮上九霄,

可悲邪恶舞蛇妖。

谈诗论政沧桑道,

大国人民重担挑!

自注:

诗取七绝第二种平仄格式。
韵脚在《诗韵新编》十三豪,一韵通押。
题解:此诗题名"正能量",顾名思义,与负能量相反,是力主人要走正道,无论做什么,脑力与体力都能为国出力。正所谓"天下兴亡,匹夫有责"嘛!毛泽东说"人间正道是沧桑",普京提倡"人胸怀要有正能量"……这些人物的思想意识都是对的,对任何人都是有参考价值的。人总要做有意义的事情,争取做出一定成绩来。和谐是一切成功的基础。

涧水秋风

2013年5月23日

网友微言句句金,

交流片语动人心。

传播友善心贴近,

涧水秋风字字真!

自 注:

诗取七绝第二种平仄格式。
韵脚在《诗韵集成》下平声十二侵通真通押。
题解:"涧水"是先生孙元凯笔名,"秋风"为笔者雅号,有点自命不凡,不好意思!

反腐

2013年5月24日

苏联腐败早衰亡,

中国排污骨力强。

改革开放声荡漾,

民心协力吃皇粮①。

自注:

诗取七绝第一种平仄格式。
韵脚在《诗韵集成》下平声七阳,一韵通押。
① 吃皇粮:吃国家的饭,为人民办事。
题解:反腐败是国家发展强大的重要环节之一。也是民心所向、众望所归的千古不变的真理……现在国家政治、经济两手抓,大方向绝对准确!

一脉相承

2013年5月28日

前朝阁老亮文明，

后代学人鼎立弘。

代代相传融伯仲，

中华文运可相承！

自 注：

诗取七绝第一种平仄格式。
韵脚在《诗韵集成》下平声八庚通蒸通押。
题解：现代文化只有和古代文化相辅相成，中华文明才能永远继承并发展下去。

网民

2013年6月1日

实名入网信仁人，

浏览风光一网民。

现代文明求自信，

不卑不亢①塑灵魂。

自 注：

诗取七绝第一种平仄格式。
韵脚在《诗韵集成》上平声十一真转元通押。
① 不卑不亢：不，单用念去声；和别的字连起时：一、在去声或轻声前念阳平；二、在阴平、阳平、上声字前仍念去声；三、在词的中间念轻声。
题解：互联网是现代人学习浏览的平台。只是作为个人因时间等种种原因从未上网。现在想到要上网，怎样才算作一个正常的网民，便写下几句话约束自己。

闹市

2013年6月2日

临街闹市日喧哗,

市井流民看肉麻。

昂首挺胸装作大,

胸无点墨院无花!

自 注:

诗取七绝第一种平仄格式。
韵脚在《诗韵集成》下平声六麻,一韵通押。

大漠……

2013年6月3日

倾听漠北马头琴，

黄土高坡出荩臣。

西域知青多展劲①，

孤烟大漠慰完人！

自 注：

诗取七绝第一种平仄格式。
韵脚在《诗韵集成》下平声十二侵通真通押。
① 展劲：展现着美的力度。
题解：知青下乡是中国革命历史过程中特殊的一步。整整一代人辛苦付出，为国为民功不可没……

面对倭寇

2013年6月5日

倭寇东南有臭名,

英雄抗日勿谈情。

如今鬼子恣狼性,

举国抽刀立马横!

自注:

诗取七绝第二种平仄格式。

韵脚在《诗韵集成》下平声八庚,一韵通押。

题解:东南沿海一带历史上常有倭寇犯境,臭名昭著。近代史上中华儿女用八年时间打败日本鬼子,把敌寇驱逐出境……如今鬼子狼性又恣意发作,英雄的中华儿女们要抽刀立马拭目以待啊!

涧水春秋

2013年6月6日

涧水春秋润心田,

人间美意善相传。

恩恩怨怨诚相见,

事事人人梦可圆。

自 注:

诗取七绝第二种平仄格式。
韵脚在《诗韵集成》下平声一先,一韵通押。
题解:此诗有赋的特点,同时融入比、兴手法。意在向善。

诗家贵气

2013年6月8日

文坛一角是诗坛,

历史文明万古传。

永远光辉呈灿烂,

诗家贵气韵常连!

自 注:

诗取七绝第一种平仄格式。
韵脚在《诗韵新编》十四寒,一韵通押。
题解:此诗意在谈诗,寓意或者不深,但确是点滴的真情实感。

强项师友

2013年6月9日

百家诸子弄潮流,

强项今朝拱臂游。

新酒旧瓶无可谬,

自珍格律网无忧!

自 注:

诗取七绝第一种平仄格式。
韵脚在《诗韵集成》下平声十一尤,一韵通押。
题解:以诗会友,学习浏览之余,写几首小诗,如有不妥谨望见教。

鸵鸟蛋

2013年6月10日

鸵鸟蛋兮石滚蛋,
— | — | — |

体积大小框双拳。
— | — | — | —

平生难得今一见,
— | — | — |

惊喜撩人比蜜甜!
— | — | — |

自 注：

诗取七绝第四种平仄格式。
韵脚在《诗韵集成》下平声一先通盐通押。
题解：鸟蛋见的也不太多，鸵鸟蛋更是从无见过。今偶然得见，高兴之余心里都有了一种甜的感受。

必追根

2013年6月11日

杀人放火是何人？

不整谁能慰民心。

外鬼操盘贼可恨，

内奸乱事必追根①！

自 注：

诗取七绝第一种平仄格式。
韵脚在《诗韵集成》下平声十二侵通真转元通押。
① 追根：即认真执行问责制。不可姑息。
题解：现在世界上的一个最大特点是，一切闹事的地方，背后都有外部敌对势力操盘。本国内部，力防内奸，既可安内又能攘外。

融通

2013年6月13日

风花雪月世人情,

事业亨通各不同。

苦辣酸甜合并用,

综合运用在融通!

自 注:

诗取七绝第一种平仄格式。
韵脚在《诗韵新编》十七庚、十八东通押。

看达赖

2013年6月14日

奸民达赖冒充神,

叛国投敌爱美金。

煽动藏独无可信,

民族大义在人民!

自 注:

诗取七绝第一种平仄格式。
韵脚在《诗韵集成》十二侵通真通押。
题解:达赖已投靠美国中情局拿美金谋生……

心里甜

2013年6月15日

为诗炼句苦熬煎,

状景抒情写意难。

感叹一朝书磊卷①,

学成今世尔心甜!

自注:

诗取七绝第一种平仄格式。
韵脚在《诗韵集成》下平声一行通盐转寒通押。
① 磊卷:积石曰磊,磊卷即书多了的意思。
题解:末句即说现在说人说己,也寄希望于未来者。

棱镜门

2013年6月19日

自由民主美平民,

棱镜门①兮美若神。

窥视公民为己任,

如今露馅最丢人!

自注:

诗取七绝第一种平仄格式。
韵脚在《诗韵集成》上平声十一真,一韵通押。
题解:拉美社华盛顿6月17日电,奥巴马受到美驻班加西领馆遇袭事件、"棱镜门"事件和美司法部秘密调查美联社通话记录等政治丑闻的影响,诚信度下降至45%。多数持批评态度。
① 棱镜门:美前中情局技术人员斯诺登6月12日称华盛顿已监视中国内地和香港多年……

老少娃

2013年6月20日

山经海纬九州家,

鹤发童颜老少娃。

块字文明今坐大,

环球天地结中华!

自注:

诗取七绝第一种平仄格式。
韵脚在《诗韵集成》下平声六麻,一韵通押。
题解:想到伟大强盛的国家,想到现在国人四海为家,把中国文化传向世界,中国人走向世界,贡献人类,作为中国人真有一点自豪!

中俄……和谐

2013年6月22日

普京总统喜"空前",

合作中俄定大单。

战略双赢真伙伴,

强强联手保平安!

自注:

诗取七绝第一种平仄格式。
韵脚在《诗韵集成》上平声十四寒转光通押。
题解:南海时不时地有人威胁中国,抢占岛屿,卡能源运输线……
2013年6月22日《参考消息》头版头条:普称中俄签"空前"石油大单。俄石油发言人称,与中石油签的合同将在25年内向中国供应3.6亿吨石油,合同总额为2630亿美元。

寒窗

2013年6月23日

文坛故事许癫狂,

刺骨悬梁大雅堂。

六部诗文人气旺,

寒窗半老演荒唐!

自注:

诗取七绝第一种平仄格式。
韵脚在《诗韵集成》下平声七阳,一韵通押。
题解:我们从文是从退下来之后才开始的,尚能做出些成绩来。从根本上说是出于爱好。但光凭爱好就能成功,也不是那么容易!那么成功的基础究竟是什么呢?如果说句实话,就是努力付出而已……此言并非虚话!

看阵容

2013年6月24日

清末衰颓恨苦情,

外敌倭寇毁长城。

如今强大民呼应,

亿众团结看阵容!

自 注:

诗取七绝第二种平仄格式。
韵脚在《诗韵新编》十七庚、十八东通押。
题解:过去衰弱,现在国富民强,只要团结,我们还怕谁呢……

网游

2013年6月25日

谈诗论政在潮头,

试水方知手下忧。

万丈惊涛漂左右,

三年五载泛中流!

自 注:

诗取七绝第一种平仄格式。
韵脚在《诗韵集成》下平声十一尤,一韵通押。
题解:初次上网好像游泳,颇有力不从心之感。但凡事物有难度才有奔头,有奔头自然也就有了推力。相信长期坚持下去,在大家协助下,可望跟上前进队伍的步伐!

整风

2013年6月30日

整风一脉勿心惊,

孔孟经纶大道通。

极左须防私害众,

主流解码只为公!

自 注:

诗取七绝第一种平仄格式。
韵脚在《诗韵新编》十七庚、十八东通押。

青春环保

2013年7月2日

垃圾网站闭门羹，

百害无益祸必清。

环保青春人有幸，

青年世代出精英！

自 注：

诗取七绝第一种平仄格式。

韵脚在《诗韵集成》下平声八庚，一韵通押。

题解：有个别垃圾网站不遵守规定，已被关闭。曾浏览过一个网站，居然放裸体像，让人莫名其妙！

诗说旧瓶新酒

2013年7月3日

旧瓶新酒重潮流,

时代风情万国游。

新旧结合非作秀,

诗承断代永无愁!

自 注:

诗取七绝第一种平仄格式。
韵脚在《诗韵集成》下平声十一尤,一韵通押。

悦享我心若茶

2013年7月6日

高洁品味抵茶尘，

四溢茶香感热忱。

以礼往来交友近，

片言或可致微谌①！

自 注：

诗取七绝第一种平仄格式。
韵脚在《诗韵集成》下平声十二侵通真通押。
① 谌：诚恳，真实。
题解：此诗是以诗会友，以表对网友感激之情。茶在给先生的回帖中说："谢谢你和夫人给诗歌论坛带来一股正气与清风！正能量在这里传递！……"
此诗原稿如下：
高洁茶心无茶尘，茶香四溢感热忱。
人间往为以礼近，谨以片言致微谌！

肚皮丑态

2013年7月7日

西施一笑美成神,

世有东施也效颦。

模仿如今难置信,

肚皮丑态染灵魂!

自 注:

诗取七绝第一种平仄格式。
韵脚在《诗韵集成》上平声十一真转元通押。
题解:现在反腐还仅仅在政治、经济领域。文化领域黄毒泛滥,害人不浅,相信在适当的时机也会搞好的。

天网白鬓

2013年7月8日

天网灰飞滚乱云，

身旁摸索路边人。

眼明心亮肩非任，

白鬓蹒跚步履痕！

自注：

诗取七绝第二种平仄格式。
韵脚在《诗韵新编》十五痕，一韵通押。
题解：这是一首看从前、想现在、思未来的诗。

典故弄拙

2013年7月10日

典故生疏僻字多,

调头臆造费琢磨。

人群现代读难过,

心巧难成必弄拙!

自 注:

诗取七绝第二种平仄格式。
韵脚在《诗韵新编》二波,一韵通押。
题解:使用典故过多,生词僻字过多,现代读者多数难以明了,效果不佳。
原稿古风体如下:
典故充斥字句多,生词僻字难琢磨。
现代人群读难过,难免弄巧反成拙!

押韵

2013年7月11日

律诗绝句韵含英，

古体雍容练古风。

格律如无押韵硬，

不拘诗韵乱西东！

自注：

诗取七绝第一种平仄格式。
韵脚在《诗韵新编》十七庚、十八东通押。
题解：写古体诗词如不讲究押韵的话，好比人走路不知东南西北一样，那什么都不要说了。
在古体诗中，古风体因为只押韵，不拘平仄格律，写作的人多些。但对押韵这一点来说，还是不能马虎的。
不押韵的古风就不能称之为古风体诗了。此处，古风长句中还要讲究少用律句，多用拗句、"三字尾"等。如此方能体现格调的高古。

有胆樵夫

2013年7月12日

胸有成竹品位高,

山高林密雾飘飘。

豺狼野兽逍遥道,

有胆樵夫抚大刀!

自 注:

诗取七绝第二种平仄格式。
韵脚在《诗韵集成》下平声四豪通萧通押。

情怀

2013年7月13日

暴风骤雨闹人愁,

众客烦心火上头。

来日中天晴永昼,

激情怀旧水东流!

自 注:

诗取七绝第一种平仄格式。
韵脚在《诗韵集成》下平声十一尤,一韵通押。
题解:人的情怀是瞬息万变的,个人亦无例外……

诗勉诗心

2013 年 7 月 14 日

论政谈诗半转文,

温文尔雅派超群。

诗心勉励精神振,

爱国仁人是好人!

自 注:

诗取七绝第二种平仄格式。
韵脚在《诗韵集成》上平声十二文转真通押。
题解:谈诗论政、爱国爱民是中国人的最重要的文化传统。以现在的说法叫"软实力",中华民族绝对不比别人差!
后附古风体,读来更顺畅:
谈诗论政人无怪,温文尔雅派超群。
诗勉诗心求上进,爱国爱家是好人!
题解:这里说的是个人写诗的初衷,说出来互相勉励。

扫垃圾

2013 年 7 月 15 日

除蝇打虎固国基,

南北东西我不迷。

秽气排除充正气,

沧桑正道扫垃圾!

自 注:

诗取七绝第一种平仄格式。
韵脚在《诗韵新编》七齐,一韵通押。
题解:提倡人间正道,反对走相反的邪道。正道当然是光明正大之路,而不是像刘志军走的贪腐之路。
原稿古风体如下:
打虎灭蝇固国基,振作沉迷清垃圾。
排除秽气增正气,沧桑正道知东西。

言志抒情

2013年7月16日

抒情言志许直言，

灼见真知敢对天。

顾虑人情多宿愿，

开心一笑在人前！

自注：

诗取七绝第一种平仄格式。
韵脚在《诗韵新编》十四寒，一韵通押。
题解：人生最重要的是两个字：情、志。有了情、志就有了无穷无尽的动力。有力度的奋斗，只要长期坚持下去，总会有结果的。

天网游

2013年7月20日

网游路路滚环球,

黄水滔滔万古流。

天网恢恢疏咋漏?

钟馗愤愤举刀头!

自 注:

诗取七绝第一种平仄格式。
韵脚在《诗韵集成》下平声十一尤,一韵通押。

网游意趣

2013年7月27日

网友洪流竞渡游,

争先恐后坐班头。

平民老小玩不够,

炒股盈亏自我求!

自 注:

诗取七绝第二种平仄格式。
韵脚在《诗韵集成》下平声十一尤,一韵通押。
题解:亿众网民上网活动比炒股票还要热络。每一出手多头空头各有所求,盈亏自然也心甘情愿嘛……

鲤对诗文

2013年8月6日

诗坛八月感风凉,

地广人稀鲤对忙。

传统诗文游网上,

平心静气论情长!

自 注:

诗取七绝第一种平仄格式。
韵脚在《诗韵集成》下平声七阳,一韵通押。

追求

2013年8月14日

马列人生不可丢，

毛思邓论永追求。

国家防腐除污垢，

不惧东西鬼探头！

自 注：

诗取七绝第二种平仄格式。
韵脚在《诗韵新编》十二侯，一韵通押。
题解：我们国家要保持发展势头，加强党的领导，狠除腐败毒瘤，努力加强文化科学领域的大发展，牢固团结的中华民族是不可战胜的！

环球放歌

2013年8月23日

极右集团梦魇多,

同情同性滥情歌。

谋生谋利常相左,

谁顾他人是死活!

自 注:

诗取七绝第二种平仄格式。
韵脚在《诗韵新编》二波、三歌通押。
题解:美、日等极右势力利益集团总是梦想以同盟利益为由,侵害别国。须知这是冷战思维的继续,这好有一比,就像同性恋者想生孩子一样,是永远做不到的!

泛论诗文

2013年9月3日

妇人泛论纂诗文,

社会民生总在心。

苦乐人间都写尽,

天堂地狱做良民!

自注:

诗取七绝第一种平仄格式。
韵脚在《诗韵集成》下平声十二侵通真转文通押。
题解:诗文写作虽不拘何种形式,总要有个着眼点。往往都是围绕写什么、怎么写的问题用心思考。如果一味地刻板地啃书本上的写作理论,不但抓不住重点,反觉得处处为难。倒不如抛开理论,勇于实践感受或可更深刻些。

倭寇重来

2013 年 9 月 15 日

腐败清朝甲午哀,

东溟海盗死怀胎。

八年鬼子身家败,

倭寇重来死里埋!

自 注:

诗取七绝第二种平仄格式。
韵脚在《诗韵新编》九开,一韵通押。
题解:弹丸小国日本倭寇重温侵略亚洲各国的迷梦。二战战争罪犯的幽灵还在做怪,如果他们还敢挑动战争,往死里整就是了!

感国耻

2013年9月17日

九月十八醒白痴,

悲哀国耻世人知。

全民警报为何事,

痛苦相传再现时!

自 注:

诗取七绝第二种平仄格式。
韵脚在《诗韵集成》上平声四支,一韵通押。
题解:"九一八"是中国的国耻日,年年都要纪念,是为不忘记!今年日本右翼在其美国主子的煽动下又掀起新的反华浪潮,借钓鱼岛掀起领土争端,故意闹事,以达到破坏中国政治、经济局势和遏制中国发展的目的。现在的世界形势告诉世人,中国的发展是无可阻挡的!

应战

2013 年 9 月 18 日

甲午冤仇报未完,

八年血战溅轩辕。

败军日寇重开战,

坐看儿孙展笑颜!

自 注:

诗取七绝第二种平仄格式。
韵脚在《诗韵集成》十四寒、十五删通押。
轩辕:黄帝称轩辕氏,中国历史从黄帝开始,后人都把轩辕二字代表祖国。
爱国是中国人高贵品质之一……
题解:日本右翼以安倍晋三为代表的一伙二战余孽,如果仗着美帝国主义者的势力敢于挑战中国,中国人是不会轻饶的……我当以一个中老年人的心态表白此刻的心迹,日本鬼子如敢踏入祖国大地一步,我不怕以一腔热血洒在祖国大地上,让他们有来无回!

网友直言

2013年9月27日

良友直言信有人,

人间正气利为民。

和平时代秋风劲,

盛世安邦出荩①臣!

自注:

诗取七绝第二种平仄格式。
韵脚在《诗韵新编》十五痕,一韵通押。
① 荩:音近,意为忠。
题解:诗寄版主种竹成林先生。(新浪·诗歌论坛)

望月有感

2012年9月30日

海阔天空展玉盘,

人间望月梦团圆。

嫦娥灵药无衰老,

神道孤独两地寒!

自 注:

诗取七绝第二种平仄格式。
韵脚在《诗韵集成》上平声十四寒转先通押。
题解:望月有感,题意简单,诗意颇深。对嫦娥奔月故事,人间看法不尽相同,此诗亦因此而写。

无票之债

2013年10月3日

借钱强盗感难心,

挥霍狼藉丑恶人。

地痞流氓无可信,

国人无奈死灵魂!

自 注:

诗取七绝第一种平仄格式。
韵脚在《诗韵新编》十五痕,一韵通押。
题解:国家借债给美国强盗,现在正逢美国政府关门大吉,违约赖债,中国损失惨重,想来令人寒心!

高原哨卡

2013年10月6日

长城深处有官兵,

大爱军民骨肉情。

峻岭往来责任重,

高原寸土履痕清!

自 注:

诗取七绝第一种平仄格式。
韵脚在《诗韵集成》下平声八庚,一韵通押。
题解:听先生讲他在高原哨卡等地所看到的边防地区军民,那种互助往来鱼水深情,令人深为感动……

爱菊

2013年10月13日

重阳难解爱菊心，

冷月无言我自矜。

苦练秋毫心性韧，

芳香对月口长吟！

自 注：

诗取七绝第一种平仄格式。
韵脚在《诗韵新编》十五痕，一韵通押。
题解：爱菊是自己的心声，此时题诗系有感而发……

伴菊

2013年10月15日

万艳同台有主席①,

吟菊陶令出东篱。

诗人千载应传续,

尔尔终生伴不离!

自注:

诗取七绝第二种平仄格式。
韵脚在《诗韵新编》七齐,一韵通押。古入声,现入声消失,进入阳平。
① 主席:这里指重要位置,席位。
题解:予平生与菊结下了不解之缘,予生予爱终生无虞。

酷爱菊花

2013年10月16日

奇思妙想古人言,

妙语连珠大众前。

酷爱菊花人眷恋,

菊花园里舞翩跹!

自 注:

诗取七绝第一种平仄格式。
韵脚在《诗韵新编》十四寒,一韵通押。
题解:出于劝学之心,也许并不适当⋯⋯权作个人抒情也罢。

菊香……

2013年10月17日

菊香书院感菊香,

小可平常也异常。

领袖安居难想象,

平凡可敬近荒凉!

自注:

诗取七绝第一种平仄格式。
韵脚在《诗韵集成》下平声七阳,一韵通押。
题解:毛泽东早年居住在北京中南海的故居名"菊香书屋",也有人敬称"菊香书院。"(毛主席后来搬到游泳池旁居住。据称游泳池是毛泽东用稿费修建的。)"菊香书屋"是一处一明两暗的三间平房,室内可见使用面积约为200平方米。留有记忆的是一张老式双人床,涂漆为紫红色,有陈旧感。唯一令人吃惊的是那放着几占半床的书籍……仍维持原样地放着……而有围墙的小院内至多不过500平方米。这是解放后主席曾长时间居住过的地方。从这一参观中,真正感知到什么叫作"为人民服务"了……
毛主席居住过的地方,实在令人惊奇乃至惊异。据称是旧皇家服务者的住所。而伟人宁愿住在这种地方很长时间，直到自有出书稿费修那处游泳池后才搬过去……

赏菊

2013年10月20日

飒爽西风抱满怀,

百花艳后我才开。

游人自在多偏爱,

渴望明年我早来!

自 注:

诗取七绝第二种平仄格式。
韵脚在《诗韵新编》九开,一韵通押。

写菊

2013年10月21日

西风雁阵去归来,

日月东篱展我才。

绿叶金花秋爽在,

西施一笑可人怀!

自 注:

诗取七绝第一种平仄格式。
韵脚在《诗韵新编》九开,一韵通押。
题解:爱菊之人,将鲜菊与美人相比,当不过分的。

梦菊

2013年10月21日

秋梦山菊降我家，

窗前满院尽黄花。

天光华美临门下，

异日亲生一小丫！

自注：

诗取七绝第二种平仄格式。
韵脚在《诗韵集成》下平声六麻，一韵通押。
题解：此诗描述的是个人生活中的一桩趣事，不想细说，如一定想知道的话，可用四个字来概括：梦菊生丫！

观月赏菊

2013年10月22日

月圆花韵挂篱边,

对月开尊两处圆。

人世同心虽有限,

平生必信有来年!

自 注:

诗取七绝第一种平仄格式。
韵脚在《诗韵集成》下平声一光,一韵通押。
题解:对月赏菊总是开心无限,年复一年……

感陶令吟菊

2013年10月23日

篱边陶令共威名,

万砚飘香巨笔评。

五柳狂吟如有幸,

金菊有意定知情!

自 注:

诗取七绝第一种平仄格式。
韵脚在《诗韵集成》下平声八庚,一韵通押。

雾霾东北

2013年10月23日

大海波涛浪浪高，

雾霾东北卷奇妖。

青山绿水无间道，

净气高篷雨化消！

自 注：

诗取七绝第二种平仄格式。
韵脚在《诗韵集成》下平声四豪通萧通押。
题解：东北地区几十年不见的大气候突然来了，黑龙江大雨水，又连上秋涝洪水泛滥，深秋后又沙尘雾霾再现，令人感叹……美好的大连都受到了影响！

菊酒飘香

2013年10月24日

万家九九度重阳，

菊酒温馨喜庆忙。

世代亲情沽酒相，

民族团结固脊梁！

自 注：

诗取七绝第一种平仄格式。
韵脚在《诗韵集成》下平声七阳，一韵通押。
题解：年节是中国人喜庆的日子。人们在节日中增加团结和睦气氛，对公对私都是件大好事！

菊魂

2013年10月25日

梅雪争春古有云,

东篱自在有菊魂。

金风浪下知风韵,

情动人间泣鬼神!

自注：

诗取七绝第二种平仄格式。
韵脚在《诗韵集成》上平声十一真转文元通押。
题解：自古以来写梅的诗或比写菊的多。因以菊比梅写出菊不同于梅的特色,以抒情怀……

对坐吟菊

2013年10月25日

枝繁叶茂翠悬身,
— — | | — | —

锐气高洁发内心。
| | — — | | —

萧洒流金花自信,
— | — — — | |

心知对坐是知音!
— — | | | — —

自 注:

诗取七绝第一种平仄格式。
韵脚在《诗韵集成》下平声十二公侵通真通押。
题解:潇洒的"潇"字在《新华字典》中最早有三滴水。在《同音字典》上没有三滴水。王力教授说:写古体诗要用《同音字典》。

品菊香

2013年10月26日

无限光阴也有终,

秋香命运却无穷。

金花冷韵年年见,

万世流传品美名!

自 注:

诗取七绝第二种平仄格式。
韵脚在《诗韵新编》十七庚、十八东通押。
题解:一些特别美丽的花朵,像人一样都是有品位的。人爱花就要善于品味它。

感秋菊

2013年10月26日

百花四季在心头,

百度秋菊众爱求。

冬去春来终有够,

妇随夫唱总淹留。

自 注:

诗取七绝第一种平仄格式。
韵脚在《诗韵集成》下平声十一尤,一韵通押。
题解:在夏去秋来,秋菊方迎来兴旺盛开之季节。秋菊的这种特色不但向人间展示了它的特殊品性,而且更可贵的是它弥补了其他百花的不足……

陶令吟菊

2013年10月27日

陶令吟菊在大堂,

山菊有意展菊黄。

采菊文士评章上,

名气堪超太上皇!

自注:

诗取七绝第二种平仄格式。
韵脚在《诗韵集成》下平声七阳,一韵通押。
题解:陶潜(名潜,字元亮),东晋柴桑人(今江西九江),长期隐居,为史上著名诗人。有《陶渊明集》传世。
俗称花王红牡丹,这里所说"超太上皇"自然是指菊花的某些特点牡丹是没有的,在寒秋时一花独放的只有秋菊一家。

喜菊

2013年10月28日

辛辛甘美味平和,

黄白金银正气多。

茶配逸香朋满座,

文人雅士伴诗魔!

自 注:

诗取七绝第一种平仄格式。
韵脚在《诗韵集成》下平声五歌,一韵通押。

菊梦情长

2013年10月28日

寒露迎来露结霜,

菊花秋赏口鼻香。

圃田远望翻金浪,

忆去庄园友情长!

自 注:

诗取七绝第二种平仄格式。
韵脚在《诗韵集成》下平声七阳,一韵通押。
题解:此诗为梦里赏菊幻想有感。有时幻想也许比现实更美丽些。

金菊争艳

2013年10月29日

飒爽秋风细雨来,

金菊人爱自家栽。

冷香博得人人爱,

争艳先来我后开!

自 注:

诗取七绝第二种平仄格式。
韵脚在《诗韵集成》上平声十灰,一韵通押。

诗坛咏菊

2013年10月30日

千年陶令爱菊痴,

才女红楼恋咏时。

网络文人多兴致,

诗坛戏作咏菊诗!

自 注:

诗取七绝第一种平仄格式。
韵脚在《诗韵集成》上平声四支,一韵通押。

涧水秋风菊花诗

2013年10月30日

网友玩诗到此时,

秋风涧水已来迟。

东西南北和谐事,

千载菊花共赋诗!

自 注:

诗取七绝第二种平仄格式。
韵脚在《诗韵集成》上平声四支,一韵通押。
题解:网上组织作菊花诗一事,推陈出新,继承和发展中华民族文化传统,于公于私都是件大好事!

我倾情

2013年11月2日

人生在世我倾情,

立志追求或可行。

社会纷纭心摆正,

方知水到看渠成!

自 注:

诗取七绝第一种平仄格式。
韵脚在《诗韵集成》下平声八庚,一韵通押。

快乐诗人

2013年11月5日

妙语连珠赞美文,

为诗自信有知音。

网民眼亮由人信,

杯酒多情快乐人!

自 注:

诗取七绝第二种平仄格式。
韵脚在《诗韵新编》十五痕,一韵通押。

予祝新华社百年庆

2013年11月7日

新华媒体九十年,

舆论先驱世代传。

世界华人登网站,

同声异口大家园!

自 注:

诗取七绝第一种平仄格式。
韵脚在《诗韵新编》十四寒,一韵通押。
题解:新华社、新华网,中国革命的喉舌,人民团结的心声,震撼世界的天音,每天当人们耳提面命地聆听它那美不胜收的美妙的佳音时,心情总是异常的舒畅!

腾飞众望

2013年11月17日

种竹版主重人心,

来日方长有自尊。

大道光明尤谨慎,

腾飞众望步青云!

―――――
自 注:
―――――

诗取七绝第一种平仄格式。
韵脚在《诗韵新编》十五痕,一韵通押。
题解:诗寄种竹成林先生。(新浪·诗歌论坛)

郑板桥

2013年11月20日

不慕官厅有坦途，

诗文书画爱梅竹。

板桥德厚传黎庶，

大业千秋有敬服！

自 注：

诗取七绝第二种平仄格式。
韵脚在《诗韵新编》十姑，一韵通押。
题解：这首诗是写一位古代名人郑板桥的，他曾做过县令。但他却酷爱书画，梅、兰、竹、菊画得极好，同时又是一位诗人，民间传有盛名。只是传说中他曾说过一句话："难得糊涂……"也许是忌妒之人强加的，未可轻信。

驴象惊呼……

2013年11月23日

九州上下喜欢腾,

世界迎来舞巨龙。

驴象惊呼中国梦,

环球仰望叹苍穹!

自 注:

诗取七绝第一种平仄格式。
韵脚在《诗韵新编》十七庚、十八东通押。
题解:有感中国航天梦……

五绝

钟情

2009年8月1日

涧水伴秋风,

漂漂万里行。

钟情天助幸,

旭日满天红!

自 注:

诗取五绝第三种平仄格式。
韵脚在《诗韵新编》十七庚、十八东通押。
题解:这首诗是从个人生活中总结出来的往事,或者说是一种感想的抒发。虽言语是夸张的,但感情是真实的。

风水天边

2009年10月22日

风水路八千,

人生苦变甜。

天山能走徧①,

冷热也悠闲!

自 注:

诗取五绝第三种平仄格式。
韵脚在《诗韵集成》下平声一先通盐转删通押。
① 徧:走徧天下。(不能用一遍两遍的遍字)
题解:在大西北工作过的人,都知道天山深处的工作与生活,有苦有乐,对于过来人来说,无疑是宝贵的记忆。

大漠游

2009年11月30日

大漠近驼铃，

风沙掩帐篷。

晴空烟水硬，

深夜卧如冰！

自注：

诗取五绝第三种平仄格式。
韵脚在《诗韵新编》十七庚，一韵通押。
题解：大漠边缘之游人，联想到工作人员的生活与工作，让人感慨万千！

禽兽吴起

2010年3月

杀妻如弑母,

求将欲心毒。

功盖天和地,

禽畜必铲除!

自 注:

诗取五绝第二种平仄格式。
韵脚在《诗韵新编》十姑,一韵通押。
题解:古有吴起杀妻求将的故事。这类不仁不义、杀妻害夫之辈得而除之岂能重用!

说美人

2010年5月9日

飞燕寝骄矜,

杨妃胖可人。

美人求自信,

我美在于心!

自注:

诗取五绝第三种平仄格式。
韵脚在《诗韵新编》十五痕,一韵通押。
题解:赵飞燕、杨玉环皆为历史上公认的美人。女士们胖有胖的美,瘦有瘦的美,非一般人可比。一般人外型天生或不怎么美,但内心美可自我塑……
原稿古风如下:
飞燕瘦为美,杨妃肥骄矜。
美丑须公认,我美在我心!

劝商

2010年9月28日

从商人眷恋，

欲望临红线。

暴利要平安，

求财须有限！

自注：

诗取仄韵体格式。
韵脚在《诗韵新编》十四寒，仄声、去声部一韵通押。
题解：此诗提醒不法商人生财有道，牟取高额非法利润，后果是危险的……

爹与狗

2011年1月27日

流浪狗和猫,

人行善也豪。

亲爹无可靠,

爹狗看嚎啕!

自 注:

诗取五绝第三种平仄格式。
韵脚在《诗韵新编》十三豪,一韵通押。
原稿古风诗及报载如下:
古风·爹与猫狗
流浪狗与猫,善人心依靠。
亲爹与宠物,哪个更重要?!
注:《半岛晨报》2011年1月27日 B06版以整版篇幅刊载一篇《雇人陪爹过年,他陪80多只猫狗》为题的专著,讨论了爹和流浪猫狗哪个重要的问题。
这篇文章最后说:饲养宠物是从西方传过来的一种生活方式,然而,国情不同、文化不同,就不应向某些西方国家看齐……

笔者以为，编辑们，文章的观点、理念是正确的！过去曾有人批评过"外国人放个屁都是香的"，这种殖民地性格的怪癖，真的应该改一改！

文学路

2011年10月22日

二为文学路,

双百方针步。

万世览经书,

毛公多著述!

自 注:

诗取五绝仄韵体格式。

韵脚在《诗韵新编》十姑,仄韵部一韵通押。

题解:"二为方向,双百方针"是从文者必走的社会主义文学之路。否则必然误入迷途!

诗文

2012年3月8日

诗文读万卷,

李杜有尊严。

正气新风现,

诗文代代传!

自 注:

诗取五绝第二种平仄格式。
韵脚在《诗韵新编》十四寒,一韵通押。
题解:学、写古体诗早读、多读古人名著或有很多好处。此话只是一点感受,不足为训。

有感先生

2012年5月19日

为诗求认真,

思想用情深。

炼字每长进,

佳句多苦心!

自 注:

诗取古绝体格式,押韵不拘平仄。
韵脚在《诗韵新编》十五痕,一韵通押。

歪诗说韵

2012年6月11日

妙语戏人知,

珠玑拼缀时。

马风牛说事,

无韵不成诗!

自 注:

诗取五绝第三种平仄格式。
韵脚在《诗韵集成》上平声四支,一韵通押。
题解:因韵律要求,诗句中有的不得不改动习惯说法中的字句,如"马、风、牛"用作观风牛之类。因为风、马、牛本非同类,所以或无伤大雅。
原稿附后作参考:
妙语戏人知,珠玑连缀时。
风马牛说事,无韵不称诗!

写诗薄感

2012年8月21日

诗文学两头,

浏览在中流。

爱恨多参透,

无忧写作牛!

自注:

诗取五绝第二种平仄格式。
韵脚在《诗韵新编》十二侯,一韵通押。
题解:现在写作古体诗词者越来越多。从作品上看大都不错,只是有些诗写得不得要领。因写点感想供参考。
两头:前头是古典,后头是现实。中间部分,学习中要看诸多作品,学得必要的理论,打好基础,方有未来。

杯酒诗成

2012年10月1日

大爱热心肠,

诗成酒未凉。

激情心荡漾,

一贺暖心房!

自 注:

诗取五绝第三种平仄格式。
韵脚在《诗韵集成》下平声七阳,一韵通押。
题解:学习写诗时,需要一种激情。有了激情,诗句会发自内心涌现出来。如有点滴的鼓励,便感到心满意足。

诗坛

2013年5月13日

洛阳嫌纸贵,

文苑无颓废。

随意掷新枝,

邓林①成互惠!

自 注：

诗取五绝仄韵体格式。
韵脚在《诗韵新编》八微去声,一韵通押。
① 邓林：系引用夸父追日,其手杖弃掷后衍化为邓林之典故。

搜狗勿搜人

2013年5月22日

人狗不同群,
- - | - -

同搜辱没人。
- - | - -

搅局多谬论,
- - | - -

笑尔自昏昏!
- - | - -

自注:

诗取五绝第三种平仄格式。
韵脚在《诗韵集成》上平声十一真转文元通押。

诗酒

2013年6月20日

诗酒度春秋,

家和事不愁。

公平无可谬,

国泰众无忧。

自注：

诗取五绝第三种平仄格式。
韵脚在《诗韵新编》十二侯，一韵通押。
题解：诗酒常为人所爱，有激情之时写上几句供朋友玩赏，或多找些幸福感。

棱镜门

2013年6月22日

不耻"棱镜门",

特工监平民。

美军网饮恨,

可爱美国人?

自 注:

诗取古绝体格式。不用律句,一般五言。押韵方面既可押平韵,也可押仄韵。
韵脚在《诗韵集成》上平声十三元转真通押。
题解:香港《南华早报》网站6月13日报道:爱德华·斯诺登说,美国政府"非法入侵"香港和中国网络已有多年……

炼句

2013年6月25日

文武人间道,
- - - | - |

诗人炼句豪。
- - | - | -

功成凭爱好,
- - - | | |

美女自多娇!
| | | - -

自 注：

诗取五绝第一种平仄格式。首句不入韵。
韵脚在《诗韵新编》十三豪，一韵通押。
题解：2013年5月上网以来，发现爱好古体诗词的朋友热情很高，写几句体会互相交流。

鸿雁

2013年6月26日

鸿雁叫长空,
— | —

天际嘎嘎鸣。
— | —

背靠有群众,
— | —

反腐心自灵!
— | —

自 注:

诗取古绝体格式。不用律句,一般五言。
韵脚在《诗韵新编》十七庚、十八东通押。
题解:现在提出整治"四风"即形式主义、官僚主义、享受主义、奢靡之风,和过去的反贪污、反浪费、反对官僚主义基本一致。总之廉洁传统的继承和发展,对取信于民是有历史意义的。

淘金

2013年7月11日

网络欲淘金，

公私各有心。

正人先正己，

有望道行深！

自 注：

诗取五绝第三种平仄格式。
韵脚在《诗韵集成》下平声十二侵，一韵通押。

人谋

2013年7月26日

微词妙语高,
- - | |

福寿品德熬。
- | | -

天下光明道,
- | - |

人谋比自豪!
- - | |

自注:

诗取五绝第四种平仄格式。
韵脚在《诗韵集成》下平声四豪,一韵通押。

感霍金

2013 年 8 月 18 日

身瘫智不残，

科技在前沿。

虽有光阴限，

蓝天立志参！

自注：

诗取五绝第四种平仄格式。

韵脚在《诗韵集成》上平声十四寒转先通押。

题解：霍金是一位世界著名科学家。虽然半身瘫痪，但却在事业上奋斗不衰。现在还想上太空走一趟，其精神与智力实在是超人。

诗如禅

2013年9月4日

赋比兴求通,

诗思动感情。

人生风骨硬,

爱恨必心横!

自 注:

诗取五绝第三种平仄格式。
韵脚在《诗韵新编》十七庚、十八东通押。
题解:这首小诗是在写诗过程中的一点感受,写出来仅供参考。
赋、比、兴是古体诗写作的格式或者说技巧、体裁。格式、体裁其实紧密结合,密不可分,不能分割对待。

迎网法

2013年9月11日

网法标文明,

枉法不容情。

守法居心正,

违法天不容!

自 注:

诗取古绝体格式。必须押韵,但可不拘格律。
韵脚在《诗韵新编》十七庚、十八东通押。

合作双赢

2013 年 9 月 14 日

思想出精英,

实干有苦衷。

意志须坚定,

合作求双赢!

自注:

诗取古绝体格式。不拘格律,必须押韵。
韵脚在《诗韵新编》十七庚、十八东通押。
题解:上合组织成员国元首理事会第十三次会议在吉尔吉斯斯坦举行。习近平主席提倡建立"丝绸之路经济带",意义重大,历史效果将更加深远。

青蛙"殉葬"

2013年9月14日

火箭升上天,

青蛙殉葬憨。

人权本无限,

动物苦难言!

自 注:

诗取古绝体格式。可不拘格律,必须押韵。
韵脚在《诗韵新编》十四寒,一韵通押。
题解:《参考消息》报载美国火箭升空场地青蛙被强烈的气浪吹上天照片显示,青蛙图像清晰。美航天局证实,情况是真实的。只是动物保护者未有出现……

仙菊

2013年10月17日

高洁妙玉身,

滋润绿钗裙。

鹤骨飞风范,

仙姿泣鬼魂!

自 注:

诗取五绝第四种平仄格式。
韵脚在《诗韵集成》上平声十一真转文元通押。

秋菊

2013年10月20日

狂风骤雨临,

无奈落金银。

秋雨淋菊润,

根深壮我心!

自注:

诗取五绝第四种平仄格式。
韵脚在《诗韵集成》下平声十二侵通真通押。
题解:秋菊是在秋季风雨季节中生长并繁荣的。它和一切春花成长环境是绝不相同的,也可以说是不能同日而语的。人们爱菊花主要是它的物种个性即耐寒性与众不同。

重阳菊酒

2013年10月24日

茶花香荡漾,
— — — |

温酒伴菊芳。
— | | —

亲友同声唱,
— | — |

先生饮酒忙!
— — | | —

自 注:

诗取五绝第二种平仄格式。
韵脚在《诗韵集成》下平声七阳,一韵通押。
题解:重阳节孩子们特捧菊花献礼,亲友在一起饮酒为乐,颇感愉快!

金菊不老

2013年10月26日

秋深霜打草,

日照天天少。

北雁转南飞,

金菊仍不老!

自 注:

诗取五绝仄韵体格式。
韵脚在《诗韵集成》上声十七筱、十九皓通押。

抗议"杀光中国人"

2013年10月27日

"杀光中国人",

听到太寒心。

恶毒多难信,

希望不是真!

自注:

诗取古绝体格式。押韵不拘平仄。
韵脚在《诗韵集成》下平声十二侵通真通押。
题解:《参考消息》10月27日报道:……美国广播公司在深夜访谈节目中表示美国人应"杀光中国人"的嘲讽言论。这番言论最初于10月16日在吉米访谈节目的"儿意圆桌"部分播出,立即引起华人团体的愤怒,他们开始在白宫网站上请愿,要求正式道歉。
看后让人有种"天堂里的笑声"一样的感觉……
是可笑?还是可恶?可恨!

颂菊

2013年10月28日

异香培正气,

天网多仁义。

锐利灭蚊蝇,

高歌无贬义!

自 注:

诗取五绝仄韵律绝体格式。
韵脚在《诗韵新编》七齐,仄声·去声部,一韵通押。
题解:此诗意在"维和",是维护网络和谐,并非他意!

十八届三中全会感赋

2013年11月13日

国有是房梁,

合营拱大堂。

人民心眼亮,

国富似亲娘!

自 注:

诗取五绝第三种平仄格式。
韵脚在《诗韵集成》下平声七阳,一韵通押。
题解:公报表示,公有制为主体、多种所有制经济共同发展的基本经济制度,是中国特色社会制度的重要支柱,也是社会主义市场经济体制的根基。这就令人放心了!

词

长相思

长分居感赋

1980年10月22日

情有缘,居无缘。两地分居故事难,难知心苦寒。

人独眠,意独眠,日盼无期谁与言?突然见笑颜!

自注:

又名《双红豆》。唐教坊曲,双调小令。三十六字,前后片各三平韵,一叠韵。

韵脚在《词林正韵》第七部平声:十三元(半)、十四寒、十五删、一先通用。

题解:工作需要长期分居,困难重重,一旦突然归来多有所感。

长相思
爱心痴

1980年11月1日

长离思,恨离思。藏地别离人不知,爱心总是痴!

可笑时,可气时。胜利归来羡慕迟,人心悔不值!

自 注:

又名《青衫湿》。《中原音韵》入"黄钟宫"。四十八字,前后片各两平韵。
韵脚在《词林正韵》第三部平声:四志,一韵通押。
题解:此词写的是以边疆回归前一年的三十晚上,和母亲在一起的情形。

江城子
百转愁肠

1980年11月5日

援疆十载忆愁肠。别离长,泪成行。问心无愧,援藏又匆忙。儿女思亲无限量,回泪烫,喜洋洋!

自 注:

又名《江神子》。《金奁集》入"双调"。三十五字,五平韵,此为定格。
韵脚在《词林正韵》第二部平声:七阳韵通押。
题解:先生转业时主动要求去新疆,后又根据需要志愿去西藏阿里工作十年。在"哪里需要就到哪里去"这一点上他是无愧于心的。当然给家里带来了一些困难。但我们以人民利益为重,感觉还是良好的。

人月圆
团圆

1996年春节于沈阳

几年没见团圆少,假日总迟迟。今年此夜欢欣事事,团聚吉时。

三十夜晚,母亲说子,远嫁方知。边疆立志,人间乐事,历练为师。

自注:

又名《双红豆》。唐教坊曲,双调小令。三十六字,前后片各三平韵,一叠韵。
韵脚在《诗韵新编》五支,一韵通押。
题解:先生志愿去西藏阿里工作十年(1970—1980),归来有感。

卜算子
自尊

1997年7月4日

边塞老年回，鬓雪霜花碎。经历人间故事危，杯酒同行醉！

大事总宽心，有我从无类。法网恢恢靠自尊，珠宝当无昧！

自注：

北宋时盛行此曲，万树《词律》以为取义于"卖卜算命之人"的曲调。这首词流行双调，四十四字，上下片各两仄韵。两结可酌增衬字……另有宋教坊曲演变的从略。

韵脚在《词林正韵》第三部仄声：去声四寘十一队（半）通用。

题解：这首词抒发的是个人生活经历中的一些事情，由于自己的自尊自重，无论任何风风雨雨，总能扛过来……

生查子
归来

1997年8月15日

援疆援藏回,经历人称贵。笑话讲成堆,戏说常无泪。

路途有坎坷,风险多无畏。大难恐无危,情笃多累赘!

自 注:

唐教坊曲,《词谱》引《尊前集》入"双调"。四十字,上下片各两仄韵。韵脚在《词林正韵》第三部仄声:去声四寘、五未、八霁通用。

题解:先生援疆援藏工作生活中故事话题较多。常从他口里说出来的只言片语中,拾得一些积而成篇……

凤凰台上忆吹箫

忆沈阳南湖

2002年5月30日

诗忆南湖,可人之路,酒逢知己功夫。彼此心知著,幸在书屋。时过人间大路,思往事,几页翻书。光明路,青春正路,万里征途。

心舒,智能感悟,东土选结庐。敢作书奴。忘我无求富,文笔娴熟。真理人情不谬,城府厚,劳累诚服。心红透,拉杂尽除,志在新儒。

自注:

《词谱》卷二十五引《列仙传拾遗》故事……略。宋词始见《晁氏琴趣外篇》。现以《漱玉词》为准。九十五字,前片四平韵,后片五平韵。
韵脚在《诗韵新编》十姑,一韵通押。
题解:此词是以生活感受为基础,加上以诗词夸张之手法,描写以往的青年生活,延伸到现实中来感受……

一剪梅
先生谈文

2002年10月28日

学贯中西事可闻。立志从文，爱在诗魂。激情一句小诗神，不做完人，胜似完人。坎坷为人扫泥尘。

高手合群，志在凌云。如椽大笔耐心抡，大国人群，比拟无伦。

自 注：

双调小令。六十字，上下片各三平韵，每句并用平收。亦有句句叶韵者。韵脚在《词林正韵》第六部平声：十一真、十二文、十三元（半）通押。

生查子
大家与小家

2004年3月26日

援藏别离时，众目睽睽处。三载一回头，弱子劫门路！

今次探家时，小子欢心吐。爸爸几时回，上学无孤步！

自 注：

唐教坊曲。《词谱》引《尊前集》入"双调"。四十字，上、下片各两仄韵。各家平仄颇多出入，与作仄韵五言绝句相仿。多为抒情之调门。

韵脚在《词林正韵》第四部仄声：上声七麌、去声六御、七遇通用。

题解：青年夫妇因工作需要暂时分居，在过去乃是常事。现在青年们因工作男女分居，成了不得了的大事。因写此词抒发一点个人感情，首先，要表明老一辈人并非不注重感情。第二，也向现代人表示，无论何时何地，公事、工作对人来说，都是第一位重要的！

忆江南
游杭州

2004年5月4日

江南好,记忆是杭州。山水湖幽人抱柱,别来十载望回头。烦恼客人稠!

自 注:

又名《望江南》、《梦江南》、《江南好》。二十七字,三平韵。中间七言两句以对偶为宜。
韵脚在《词林正韵》第十二部平声:十一尤(独用)。

鹧鸪天
山水秀

2006年3月3日

涧水幽幽喜畅游,秋风爽爽助丰收。人间风光应无朽,任尔时常荡九州。

山水秀,浪推舟,海滨胜地度春秋。潜心旅客游不够,体健微躯总不忧。

自注:

又名《思佳客》。五十五字,前后片各三平韵。前片第三、四句与过片三言两句多作对偶。
韵脚在《词林正韵》第十二部平声:十一尤(独用)。

忆江南
上海

2006年5月11日

游上海,众客在心头。来过游人托底透,客车售票有潮流。倒票使人愁!

自 注:

又名《望江南》、《梦江南》、《江南好》。二十七字,三平韵,中间七言两句以对偶为宜。
韵脚在《词林正韵》第十二部平声:十一尤(独用)。

太常引
咏太阳

2007年7月

一轮红火射光波,时刻送温和。光亮照山河。也有过,人无奈何!

为何冷热,不时惹祸,永久要琢磨。迷我崇神婆。是游戏?迷思更多!

自 注:

四十九字,前片四平韵,后片三平韵,两结句倒数第二字定要去声。韵脚在《词林正韵》第九部平声:五歌(独用)。

木兰花
从文八年

2010年5月1日

奇思妙语心中纂,总想为人多奉献。新词佳句动心弦,炼句无时多苦战。

心怀无意思冠冕,远瞩诗文求宿愿。八年创业克时艰,千首诗文杯酒恋。

自注:

唐教坊曲。《金奁集》入"林钟商调"。《尊前集》所录如《木兰花令》者皆五十六字体,前后片各三仄韵,与《玉楼春》全同,属定格。另有其他体格式各不相同,从略。

韵脚在《词林正韵》第七部仄声:上声十四旱、十六铣;去声十四愿、十七霰通用。

陇头月
众人观鼠

2010年8月23日

看人心堵,不须细数,窜街猫鼠。狂啃人前,包颠屁股,蠕蠕其汝。

无心汉子呆痴,不知耻,人多目睹。动作天骄,成心挑逗,卖臊街舞!

自 注:

又名《柳梢青》、《陇头月》。四十九字,仄韵格。前片三仄韵,后片两仄韵。

韵脚在《词林正韵》第四部仄声:上声六语、七麌通押。

不须细数:数shǔ,音暑,点数。

题解:旅游点上,不文明事态时有出现,目不忍睹,老外见到都摇头。有关方面应加强管理。

眼儿媚
自况

2011年5月15日

情面欣欣总温柔,四季更无愁。辛劳多久,每天不够,乐在心头。

半生劳累多光景,儿女事无求。孝心还在,吃喝不漏,养老无忧。

自注:

又名《秋波媚》。四十八字,前片三平韵,后片两平韵。
韵脚在《词林正韵》第十二部平声:十一尤(独用)。
题解:这首词中的话是同事们曾经对我的评价的一部分,用我的话说出来,就算自况吧。

画堂春
滨城风范

2011年7月2日

九州风景甲天然，自然美景奇观。海边岸畔客如烟，天上人间！

世界往来独盛，迎来贸易奇观。近来风雨冠无缘，大国尊严。

自注：

此词牌最初见《淮海居士长短句》。四十七字，前片四平韵，后片三平韵。韵脚在《词林新编》四十寒，一韵通押。

题解：以诗歌写大海、写滨城有过几首。以词的格式写海景春光、城市风韵，在自己来说不多。所以比较重视，效果如何有待读者评论。

临江仙
年关奇梦，儿子多笑声

2012年1月21日

昨夜朦胧心入梦，厅堂节日红灯。迎来耳顺喜年翁。儿孙礼敬，儿女笑心情。

厚礼貂皮衣制筒，孩儿笑敬情浓。年关夜半喜盈盈，神奇梦里，门外叫门声。

自 注：

唐教坊曲。《乐章集》入"仙吕调"，《张子野词》入"高平调"。双调小令，五十八字，上下片各三平韵。另有别格略。
韵脚在《诗韵新编》十七庚、十八东通押。
题解：大年三十早晨老人还在梦中，子女已登门来贺，且带来厚礼，令做父母的感慨莫名。

忆王孙
贫富愁

2012年10月

私心广大万年愁,私有堆积无尽头,暴富排开继续流。秀魔酋,贫富人间谁最牛?!

自 注:

又名《豆叶黄》等。单调小令,三十一字,五平韵。
韵脚在《词林正韵》第十二部平声:十一尤(独用)。
题解:社会上贫富差距越来越大,长此以往,前程未卜。

少年游
希拉里游说东南亚

2012年11月30日

希拉里辈喜拉稀，中国暗为敌。台湾霸占，东南海域，尔辈勿痴迷。

蚍蜉撼树谈何易，无奈我安居。世界东篱，睡狮神气，狼犬岂能欺！

自注：

此词原自《乐章集》、《张子野词》。比入《林钟商》，另《清真集》分入"黄钟"、"商调"。各家出入，现以柳词为定格。五十字，前片三平韵，后片两平韵。

韵脚在《词林新编》七齐，一韵通押。

题解：希拉里，美前国务卿。在美国应属右翼人士。极力主张将美军事实力转到亚洲来遏制中国，曾乘坐航母到印尼等国以展示实力……最终遭到一系列的失败。

小重山
忆母女情深

2013年4月4日

老母生前重我情。回思成夜梦,苦情浓。别离十载述心声。人惊醒,窗外已黎明。

父辈早独行。育儿前路正,又心疼。成年出去自孤伶。昨夜话,今日已无听!

自注:

又名《小重岭》。《金奁集》入"双调",五十八字,前后片各四平韵。
韵脚在《词林新编》十七庚、十八东通押。
题解:母亲生前待我恩重如山。可自己年青时不懂事,让母亲没少操心……后悔之已晚,现写诗以舒情怀。

西江月
读史念屈原

2013年6月12日

江水汨罗不断,奔腾千载还寒。世人敬重爱其贤,爱国忠君不变。

大汉情知无难,环球战事连连。军人战备保平安,勇敢奔波一线。

自 注:

诗取《西江月》格式。又名《江月令》等。唐教坊曲,入"中吕宫"。以柳永词为准。五十字,上下片各两平韵,结句一仄韵,押侧声韵。
韵脚在《词林正韵》第七部:平声十四寒、一先。仄声、去声十七霰通用。

风入松
太空授课

2013年6月25日

航天事业盼多年,虎步在人前。美空授课留遗憾,成空难,世界心寒。意外人前都见,航天风险连绵。

人间步履有艰难,科技在蓝天。中华儿女从无惧,克时艰,授课欢颜。展望空间心念,嫦娥故事新篇。

自 注:

古琴曲有《风入松》传为晋嵇康所作,见《乐府诗集》卷五十九。《宋史·乐志》入"林钟商"双调,七十六字,前后片各四平韵。

韵脚在《词林正韵》第七部平声:十四寒、十五删、一先通用。

水调歌头
毛、邓……

2013年6月28日

难忘是毛、邓,为国建奇功。翻身解放之梦,险路遇重重。流血牺牲英勇,消灭豺狼虎洞,革命势如虹。后代许歌颂,传统力无穷。育后代,无侥幸,品德恭。

求知过硬,人生功课只为公。大义公私与共,社会人间无痛,家国并愚衷。大汉龙和凤,共舞海天空!

自 注:

大唐风有《水调歌》,据《隋唐嘉话》,为隋炀帝凿汴河时所作。宋乐入"中吕调",见《碧鸡漫志》卷四。凡大曲有"歌头",此殆裁截其首段攻式为之。九十五字,前后片各四平韵。另有别格略。
韵脚在《词林正韵》第一部:平声,一东、二冬通用。

题解：毛泽东、邓小平等老一辈革命家在中国近代革命历史上建立了举世公认的伟大功勋……中国要进一步发展强大，离不开毛、邓路线，因写此诗以抒感慨……

渔家傲
正家风

2013年7月1日

混世多魔人悻悻，为官责任肩担重。腐败官僚尤死横。

谁敢碰？官官相贿天无缝！

惩治贪污须互动，民心所向多棱镜，社会出拳称革命。

谁更硬？民族大义无不胜！

自 注：

此词乃北宋流行歌曲。《清真集》入"般涉调"双调，六十二字，上下片各五仄韵。
韵脚在《词林诗编》十七庚（仄声）、十八东（仄声）通押。

生查子
卷帘谈诗

2013年7月11日

无韵耻谈诗,韵俭多层次。苦乐有谁知?爱者吟其志。

韵在动情时,无韵诗无智。无意说人痴,少不更其事。

自注:

《词谱》引《尊前集》入"双调",四十字,上下片各两仄韵。此词与作五言绝句相仿。因为是双调格式,自然与绝句不大相同。调门高了起来。
韵脚在《词林正韵》第三部仄声:去声四寘,一韵通押。
题解:网上有人问"诗无韵能死人吗",当时不想回答。事后想来还是说几句的好,谨供学诗者参考。

浪淘沙
网游

2013年8月25日

予智无知友不知，为公豪迈反思思。善民心静求心智，"四害"除之总不痴。

自注：

《浪淘沙》属小令七言绝句式格式，此用仄起式。
韵脚在《词林正韵》第三部：平声四支，一韵通押。
题解：此词意在反"四风"除"四害"，有利社会，于情于理应该是说得过去的。

浣溪沙
天池救人

2013年9月3日

游客天池遭雾霾,不堪拥挤撞人怀,儿童失脚落山崖。

尔予口传多友爱,惊心消息速传开,青年抢救抱回来!

自注:

唐教坊曲,《金奁集》入"黄钟宫",《张子野词》入"中吕宫"。四十二字,上片三平韵,下片两平韵,过片两句多用对偶。另有别格从略。
韵脚在《词林正韵》第五声部平声:九佳(半)、十灰(半)通用。
题解:此词故事系据新疆天池旅游点传颂材料而写。

喝火令
颐指之衷

2013年10月19日

细雨微风弄，秋风硕果红。万家秋后果食丰。养老者谈心病，自谓叹前程。

老小心合正，今时可富农。弃工商重不时兴。大业初成，百业共飞腾。创业定无虚梦，国富扫民穷！

自注：

此词始见《山谷词》，六十五字，前片三平韵，后片四平韵。
韵脚在《诗韵新编》十七庚、十八东通押。
题解：现在国家正处于改革的新阶段。落后的中国农业，近年来工农已经平衡。相对城里的老小市民们已经落后，相信国家在新的改革中会注意到这一点。

浣溪沙
皇帝的新衣

2013年11月3日

世界偷窥①美自由，人权民主向谁求，新衣皇帝喜鸿猷。

没落国家无可救，衰颓驴象怎当头？垃圾帝国再无牛！

自 注：

唐教坊曲，《金奁集》入"黄钟宫"或《张子野词》入"中吕宫"等格式。四十二字，上片三平韵，下片两平韵。过片多用对偶。
韵脚在《词林正韵》第十二部平声：十一尤（独用），一韵通押。
① 世界偷窥：2013年11月3日《参考消息》头版头条文章：中俄痛批美国沉迷"偷窥世界"。
题解：美国前不久政府关门，现又在深层次上暴露偷窥世界……一个文化衰败帝国竟堕落到如此地步，令人感慨颇深……

采桑子
后重阳

2013年11月6日

白驹过隙催人老，今又菊黄。大地苍凉，又过重阳我更忙。

儿孙团结心声亮，家教弘扬。事业厅堂，心羽公私两道墙。

自注：

又名《罗敷媚》等。唐教坊大曲有《杨下采桑》等。此词属双调小令，截大曲中一部分为之。四十四字，前后片各三平韵。另有添字格等略之。韵脚在《词林正韵》第二部平声：七阳，一韵通押。

题解：题名定为"后重阳"与词牌无关，勿混。因在重阳节后作了许多菊花诗，多都是写菊花的。而此词是在重阳过后很久了，又专以"采桑子"词牌下写"后重阳"再抒重阳之恋，感受今年之"重阳"别有一点意义。

浣溪沙
苏哈之恨

2013年11月8日

人类谋杀不齿人,黑心魔鬼踏人伦。阿拉法特做冤魂。

医者毒杀人最恨,迎来正义验尸坟。遗孀苏哈痛呻吟!

自注:

又名《山花子》。谱式依《词谱》,四十二字,上片三平韵,下片两平韵,过片两句多用对偶。

韵脚在《诗韵新编》十五痕,一韵通押。

题解:《参考消息》报载沙特阿拉伯《中东报》2013年11月7日报道:阿拉法特遗孀苏哈6日说,在她拿到瑞士法医的尸检报告时,阿拉法特死于钋中毒的怀疑得到证实。她说:"这证实了我们的所有怀疑,他的死是非正常的,我们有科学证据证明他是被杀害。"

原稿如下

七绝·阿拉法特被谋杀:

谋杀人类毁人伦,魔鬼黑心不齿人。

医者屠杀人最恨,阿拉法特做冤魂!

醉花阴
归来赋

2013年11月9日

十载辛勤援藏秀,壮志成衣旧。

儿女早成熟,无泪温柔,笑道人荒谬。

而今体壮无肥瘦,扇舞无心凑。

牌酒恨俗缘,玩者成仇,故事时参透。

自 注:

谱式依《全宋词》。小令,其定格以《漱玉词》为准。五十二字,前后片各三仄韵。五、七言均为律句。
韵脚在《词林正韵》第十二部仄声:去声二宥,一韵通押。
题解:扇舞……唱歌跳舞无心凑趣。
故事时参透:指对人情世故都看得明白。

渔家傲
贺十八届三中全会胜利闭幕

2013年11月14日

公有民心多展望，合营大道多模样。国富民强心所向。应无恙，公交坐上心神旷。

大干十年求变样，中华大国人心亮！世界人心合所向。僧座上，经堂神气香烟荡。

自 注：

取北宋流行歌曲，有以"十二月鼓子词"者。《清真集》入"般涉调"。双调，六十二字，上下片各五仄韵。

韵脚在《词林正韵》第二部仄声：上声二十二养；去声二十三漾通用。

题解：公报表示，公有制为主体、多种所有制经济共同发展的基本经济制度，是中国特色社会主义制度的重要支柱，也是社会主义市场经济体制的根基。这就令人放心了！

思佳客
民心热烈染天红

2013年11月18日

法制清廉势必行,"四风"重典日兴隆。

唯思目睹腰身硬,吃饱喝足看世情。

风要正,事分明,民心热烈染天红。

全球资本衰颓重,世界腾飞中国龙!

自 注:

又名《鹧鸪天》。五十五字,前后片各三平韵,前片三、四句与过片三言两句多作对偶。

韵脚在《诗韵新编》十七庚、十八东通押。

在古体诗词写作业,基本按古字发音。如需用为入转平者,则用为平。两者兼顾而不偏废。这和南北方现实语言渐趋统一是一致的。

题解:此词系国家提出扫"四风"有感而作。

浣溪沙
言简见文才

2013年12月2日

杂意繁词土里埋，意赅言简尔之才。

人称文笔见胸怀。

现代文章今古派，繁文缛句撂开来。

继承经典扫尘埃。

自 注：

唐教坊曲，《金奁集》入"黄钟宫"，四十二字，上片三平韵，下片两平韵，过片两句多用对偶。

韵脚在《词林正韵》第五部：平声九佳、十灰（半）通用。

题解：现在汉文词句，随意乱写乱用者很多，似乎是一种幽默调侃，错了！这样做法，久而久之，对青少年影响极大，后果不堪设想！

图书在版编目（CIP）数据

韩雅秋诗词集.第2卷/韩雅秋著.— 北京：文化艺术出版社，2014.7
ISBN 978-7-5039-5802-1

Ⅰ.①韩… Ⅱ.①韩… Ⅲ.①诗词—作品集—中国—当代 Ⅳ.①I227

中国版本图书馆CIP数据核字(2014)第132269号

韩雅秋诗词集.第2卷

著　　者	韩雅秋
责任编辑	刘晋飞
装帧设计	姚雪媛
出版发行	文化藝術出版社
地　　址	北京市东城区东四八条52号　　　（100700）
网　　址	www.whyscbs.com
电子邮箱	whysbooks@263.net
电　　话	（010）84057666（总编室）　84057667（办公室） （010）84057691—84057699（发行部）
传　　真	（010）84057660（总编室）　84057670（办公室） （010）84057690（发行部）
经　　销	新华书店
印　　刷	国英印务有限公司
版　　次	2014年8月第1版
印　　次	2014年8月第1次印刷
开　　本	710毫米×1000毫米　1/16
印　　张	22.5
字　　数	120千字
书　　号	ISBN 978-7-5039-5802-1
定　　价	28.00元

版权所有，侵权必究。如有印装错误，随时调换。